スバらしきバス

運賃などの情報は二〇一三年の単行本刊行時点のもので、現在は変更されている場合がございます。

森にいく

なまぬるい風が吹く夏の夜だった。中野駅の近くで用事をすませたあと、家まで歩いて帰ろうとしていた。夜の九時を少し過ぎていた。駅の北口を歩きながらバスターミナルをふと見ると、「江古田《えごた》の森」いきのバスが停まっていた。「江古田《えこだ》駅」いきのバスはよく見るけれど、「江古田の森」いきは初めて見た。そもそも江古田に森なんかあったっけ？　「フォンテーヌブローの森」とか「シャーウッドの森」みたいなものが江古田にあるんだろうか。

気になるけれど、こんな時間にいくのはまずい。悪党たちが待ち構えていて身ぐるみはがされるに決まっている。江古田の森にいくのは別の日にしよう。そう思っていったん通り過ぎたものの、緑の森が目の前にちらつく。ええい、しょうがない。いっちまえ。わたしは今きた道を引き返し、「江古田の森」いきの関東バスに乗り込んだ。

森にいくバスの車内は普通のバスより暗かった。仕事帰りの人たちが数人、黙って椅子に腰掛けている。重苦しい空気が車内に満ちている。やっぱり、昼間にしたほうがよかったと思いながら一番後ろの席に腰をおろした。

バスはなかなか発車しない。運転手さんも江古田の森にいくのが怖いのだろう。やがて駅の改札を出た人たちが乗り込んできて座席は全部ふさがった。乗客が増えて心強くなったのか、運転手さんはようやくバスのエンジンをかけた。

中野通りをバスは北に向かった。しばらく走ったあと細い道に入り、住宅街をくねくねといく。そのあたりから降車ボタンが頻繁に押されるようになり、乗客は三人ぐらいずつ降りていく。ちょっと、まだ降りないでくださいよ。寂しくなるじゃないですか。もう少し乗っててってくださいよ。お願いしたい気持ちをぐっとこらえる。お願いしたところでどうせ降りてしまうのだ。

穴のあいた鍋の底から水がぽたぽた落ちるみたいに、車内から人が消えていく。スーツを着た男があくびをしながら降りていくと、乗客はわたしだけになってしまった。

運転手さんは、一番後ろの席に客が残っていることに気がついているだろうか。全員降りたと勘違いしてバスで自分の家に帰ったり、携帯電話で誰かと話を始めたりしないだろうか。それがまたやばい話で、何もかも聞いてしまったわたしを東京湾に沈めたりしないだろうか。身の危険を感じたわたしは、えへん、と咳払いしてみた。

一人だけの客を乗せたバスは、知らない道をどんどん走る。しまいに人家のない場所に入り込む。どうなることかと思ったら、そこでいきなり停車した。

「お待たせいたしました。江古田の森、終点です。どなたさまもお忘れ物のないようお降りください」

妙に明るい声で女の人がアナウンスする。「どなたさまも」といっても客はわたしだけなのにと思いながらバスを降りると緑の公園が広がっていた。生あたたかい風がびゅうびゅう吹いて、木の枝がざわざわ鳴っている。空の高いところに満月があるのに、細かな雨が降っている。暑いのか涼しいのかよくわからない不思議な場所だ。いったいここはどこだろう。森らしいものはどこにもない。そのかわり、広い敷地にゆったりと、コンクリートの大きな建物が建っている。目をこらして名前を見ると、どうやら高齢者のための施設らしい。部屋の明かりはすべて消え、玄関の明かりだけが眠たそうにぼんやり灯っている。

大きな木の下にタクシーが一台停まり、運転席で男が死んでいる。多分仮眠をとっているのだろうけど、死んだ人のように見える。窓をたたいて運転手さんを起こし、中野駅まで帰ろうか。でもせっかくきたのにすぐに引き返すのはもったいない。それにこの男は悪党の手先で、さらに恐ろしい場所にわたしを連れていくかもしれない。

タクシーのそばを通り過ぎ、ゆるやかな坂道を下りた。自分がどこにいるのか、まったくわからない。焦るような気持ちで歩き続けると、やがて広めの道に出た。周囲には住宅が並んでいる。飲み物の自動販売機もある。これでもう安心だ。気が大きくなったわたしは、左右の道を見比べて、何となく左のほうに歩き始めた。

しばらくいくと、見覚えのある大通りに出た。あれ、ここは、ひょっとして、大江戸線の新江古田《しんえごた》駅の近くではないか。新江古田の駅には何度かいったことがある。わたしの中で地図がつながった。自分がどこにいるのかわかって心細さはいっぺんに吹き飛んだ。ほっとしたけれど、残念でもあった。知らない町に迷い込んだ心細さを、もう少し味わっていたかった。

三つの席

本を読むこと。景色を見ること。寝ること。ぼんやりすること。バスの中の楽しみはいくつもある。もちろんカフェでもそういうことはできるけれど、カフェはめったにゆれないし、窓の外の景色もあまり変わらない。でも、バスは心地よくゆれる。景色も刻々と変わるから面白い。

車内で本を読むうちに、とろけるような睡魔に襲われる。ついうとうととしてしまい、はっと目が覚め、しまった乗り過ごしたとあわてて飛び降りると目的地はまだずっと先。そんなことを体験できるのもバスならではだ。カフェだとこうはいかない。寝ているあいだにカフェが移動し、目が覚めたあと窓の外を見たらそこは知らない街だったなんて話はあまり聞かない。バスはカフェより面白い。

とはいえ、カフェとバスを比べるのは無理があるから、タクシーと比べてみる。タクシーに一人で乗り込んだ場合、客と運転手は一対一の関係になる。タクシーの中はバスよりせまい。バスが銭湯なら、タクシーは家庭のお風呂ぐらいだ。そして運転手は初対面の人だ。せまいところに初対面の運転手さんと二人きりでいると緊張するし、気も遣う。眠くなっても自分だけ寝るのは悪い気がして、無理して目を開けている。ずっと黙ったままだと緊張が増すから、天気の話なんかして車内の雰囲気をやわらげようとする。その一方で、かしゃかしゃ上がり続ける料金のメーターに、あんた早く上がり過ぎなんだよと腹を立てなくちゃならない。緊張したり腹を立てたり気を遣ったりで、タクシーに乗るとまことに忙しい。降りたあとはぐったり疲れ、気分転換にバスに乗りたくなってしまう。バスは広いから一対一でも苦にならない。

電車は電車で問題がある。電車に乗ろうと思えば、駅までいって改札を通り抜け、長い階段かエスカレーターを上がるか下がるかしてホームにたどり着かなければならない。ホームで電車を待っていると、もうすぐ電車がくるから下がりなさいとアナウンサーに命令される。電車に乗り込んだあとは、出発を知らせる音楽やベルがけたたましく鳴り響く。そこまで大げさにしないといけないものか。

バスは近所のバス停からひょいと乗れるところがいい。風に吹かれてバス停にぼんやり立ってると四角い箱がどんどん近づいてきて、バスになって停まる。「お待たせしました」といいながら、運転手さんは扉を開ける。待っている人がほかにいなければ、扉はわたしだけのために開けられる。お嬢様か社長になったような気分だ。

得意になってステップを上がると、車内の人が一斉にわたしを見る（錯覚である）。お嬢様や社長がただ乗りをするわけにはいかないから、機械にパスモを当てて料金を払う。残金130円と表示が出て、お嬢様気分も社長気分もいっぺんに吹き飛ぶ。

そのあと煩悩《ぼんのう》がやってくる。座りたい席は三つある。運転席と通路を隔てて隣の最前列の席と、運転席の三つ後ろの席、そして一番後ろの隅っこの席だ。最前列は、無理やり割り込んでくる車にむっとしたり、バスのすぐ横を走る自転車に冷や冷やしたりしてスリルを楽しめる。一番後ろの隅っこの席は、高校の教室の最後列のような解放感と、やさぐれた気分を味わえる。運転席の三つ後ろの席は、落ち着いて景色を眺めたり本を読んだりできる。

バスに乗るたび、三つの席にわたしは視線を走らせる。二つの席がふさがっていたら、残る一つに腰掛ける。三つともふさがっていたら、ほかの席に腰掛ける。三つともあいているときが問題なのだ。どこに座ろうか悩んで立ち竦《すく》む。

できれば三つ全部に座りたい。一分おきに席を移動すれば悩みは解決するのだが、子どもなら許されても、大人がそれをやると周囲から冷ややかな視線を浴びる。どれか一つの椅子に絞らなければならない。でもどの椅子に？　一番前にも一番後ろにもわたしは座りたいのだ。一分おきだと目立つけど、十分おきなら気づかれないかもしれない。まず前に座って後ろにいくか。後ろの席から前に移るか。分身の術を使って自分が三人になれたらいいのに。一つしかないこの身が憎い。

よろける

電車と違って路線バスには網棚がない。あれば便利だと思うけど、構造的に無理なのだろうか。それともコストの問題だろうか。重たい荷物を抱えてバスに乗り込み、車内が超満員だった日には運転席を乗っ取りたくなる。

それほど荷物はないにしても、バスの中で立っているのは苦痛だ。バスは立つ人のことを考えて造られてはいないように思う。バス停や赤信号のたびにバスは停まる。停まったと思ったらすぐまた走り出す。停車したり発車したりするたびに乗客はもてあそばれて左右によろける。

座席に座っている人のからだが進行方向を向いているのに対し、立つ人のからだは横向きになる。この態勢がくせ者だ。両足でしっかり踏ん張っていてもバランスを崩しやすい。電車で立つよりバスで立つほうが難しい。

でも、よろけることにも利点はある。バスが動き出した拍子に男がよろけて、隣に立っていた女性のサンダルの足を踏む。「うう。ううう」「すみません。大丈夫ですか」「大丈夫なわけないでしょう。ほら、見なさい。血が出てきた」「わっ。すぐ病院へいきましょう」、そこからロマンスに発展し、トントン拍子に結婚することだってあるだろう。新婚旅行はもちろんバス旅行、子どもが生まれたら名前はバス太郎にバス美、お風呂に入れるのはバスクリンだ。

座っているとドラマは起きないかというと、そんなことはない。

先日、近所のバス停から渋谷いきの京王《けいおう》バスに乗った。車内はかなり混んでいた。五人掛けの後部座席は、窓側の席はふさがっていたが、ほかの三つはあいていた。わたしは左から二番目の席に腰掛けた。少し先のバス停で気取った兄ちゃんが乗ってきた。黒い半袖のTシャツに黒い革のパンツ、髪は薄茶に染めている。顔や腕は日焼けサロンから出てきたばかりのようにこんがり焼けている。腰で金属がジャラジャラ鳴っている。真夏なのに足元はブーツだ。

気取ったまま吊り革を握って立っていればいいのに、兄ちゃんは後部座席めがけて突進してきた。何となく不吉な予感がした。「こっちくんな」とこころの中で叫んだが、黒ずくめの兄ちゃんの黒いこころには届かない。どんどん近づいてくる黒ずくめ。

「発車しまーす」

兄ちゃんがからだの向きを変えて腰をおろそうとした途端、バスは走り出した。

「ひょわっ」という奇妙な声とともに兄ちゃんはくるりと回転し、わたしの上にのしかかってきた。

申し遅れましたが、兄ちゃんのからだはふくよかです。全身にたっぷりお肉がついています。体型をごまかすために全身黒ずくめなのかもしれません。でも、何色ずくめでも体重に変化はありません。推定体重百三キロの巨体にのしかかられて、苦しくて息が詰まりそうでした。

「どけ」とこころの中で叫びましたが、兄ちゃんはどいてくれません。わたしのからだに未練があるのでしょうか。手足をばたばたさせてもがくだけです。わたしは両腕を突っ張って、兄ちゃんのからだを押しのけました。

兄ちゃんは座席に落ち着くと、ふうとため息をつきました。それからわたしを見て「ども」といいました。何が「ども」だよ。「ども」で終わりかよ。わたしは返事をしませんでした。こんなドラマならないほうがいいですね。

これがきっかけで、わたしは遠い昔の出来事を思い出した。中学二年のクリスマスの日、わたしは母とデパートにいってクリスマスの買い物をした。帰りはバスの後部座席に並んで座った。それほど混んでなかったし、荷物がたくさんあったので、クリスマスケーキの箱は母の隣の空席に置いた。

そのあとに起きたことは、黒ずくめの兄ちゃんのときとほとんど同じだ。ただし相手は若い男ではなく、黒いセーターを着た中年の男だった。ケーキの隣に座ろうとした男は、よろけてケーキの上に尻餅《しりもち》をついた。あっと思ったが、何もいえなかった。母も凍り付いたように黙っている。おじさんは知らん顔でケーキの隣にからだを移し、窓の外の景色を眺めている。

箱の中を想像したくはなかったが、ぐしゃぐしゃになったケーキの無惨《むざん》な姿が振り払っても振り払っても浮かんできた。その日父は仕事で家にいなかったから、妹と母とわたしの三人のクリスマスだった。チキンローストを食べたあと母がケーキの箱をテーブルに置いた。わたしは恐くてふたを開けられなかった。何も知らない妹が無邪気な顔でふたを取った。

「え。何これ。どうしたん?」

母もわたしも答えなかった。果物はつぶれ、土台はゆがみ、土砂崩れの現場のようだった。

あまりに悲しいそのときの記憶をわたしは長いあいだ封印してきた。なのに黒ずくめの兄ちゃんのせいで、ありありと思い出してしまった。もしかするとこの兄ちゃんはケーキを台なしにした中年男の子孫なのか。わたしを不幸にするために、この一族はひょっこり現れるのか。悔しい。ケーキを返してくれ。利子をつけて五段重ねの五重の塔みたいなケーキを。いや、バスがいい。バスの形のケーキを今ここで作ってほしい。窓もドアもあり、運転手も乗客もいるケーキ。「ども」ですませる兄ちゃんとわたしが後部座席にいるケーキ。そんな夢のようなケーキをぜひ。

雨上がりのバスは

目が覚めたときから雨が降ったりやんだりしていた。悲しい人が泣いたり、泣くのをちょっと休憩したりするみたいに、中途半端な分量の雨が地上に落ちたりやんだりを繰り返していた。そういう天気のせいか、部屋にいてもちっとも仕事をする気になれなかった。

午後になると青空が広がった。わたしは仕事に必要な本やノート、筆記具などをカバンに放り込んで外に出た。こんな気分のときは、自分の部屋より喫茶店のほうが仕事がはかどる。それも近くの店より少し遠いところのほうがいい。そう思い、わたしは地下鉄に乗った。

二駅先の新高円寺《しんこうえんじ》には気に入っている喫茶店がある。クラシックが静かに流れ、落ち着いた雰囲気の店だ。その店にいこうかと思ったけれど、もうしばらく電車にゆられていたくなった。新高円寺に着いてもわたしは電車を降りず、さらに二駅乗って終点の荻窪《おぎくぼ》までいった。

荻窪にも一軒、好きな喫茶店があった。ビルの二階にある静かな店だ。駅の南側に出てその喫茶店に向かったが、無情にも定休日の札が出ていた。こういうことは時々ある。たまにしかいかない店に足を向けると、七割ぐらいの確率でお休みなのだ。こうなりゃどこでもいいような気がして、商店街の中にあるコーヒーのチェーン店に入った。窓側の席でアイスコーヒーを飲みながら仕事をするうち、雨の音が聞こえてきた。また降ってきたらしい。傘は持ってこなかった。雨がやむまで真面目に仕事をしろということだろうか。飲み物をおかわりし、仕方なく仕事を続けた。

夕方ようやく雨はやみ、ほっとして店を出た。雨上がりの空気を吸いながら、商店街を抜けて歩いた。駅の近くのバス停に「北野」いきのバスが停まっている。北野ってどこだろう。京都には北野天満宮があるし、大阪には北野高校がある。路線バスの分際で、このバスは関西までいくのだろうか。ちょっとそれは考えられない。均一料金の二百十円で関西に連れていってくれるほど関東バスが親切なはずはない。わたしが知らないだけで、東京にも北野というところがあるのだろう。とすればそれはどこに？　ふらふらとバスの中に吸い込まれ、一番後ろの席に腰をおろした。

老夫婦、日焼けした中年の男性、若いカップル。バスの乗客はどこにでもいそうな人たちだった。せっかく未知の場所をめざすのに、善良そうな人ばかりなのが残念だった。もっと怪しい雰囲気の人が乗ってくればいいのに。

そういう人がこないうちにバスは発車し、線路沿いの道を阿佐ケ谷《あさがや》方面に少し走った。それから南に折れて、住宅や店舗が並ぶ細い道を走る。知らない町並みが窓の向こうに見えて期待がふくらむ。終点の北野に着いたら北野にきたのとダジャレをいおうか。そんなことを思ったりする。

知らない道をわくわくしながら進んでいたのに、バスはいきなり見覚えのある幹線道路に出た。環状八号線、略して環八《かんぱち》だ。え、何で環八なわけ？　これからこの道走るわけ？　環八は以前は渋滞がひどく、車の排気ガスが空に上がって環八雲と呼ばれる雲になった。最近はさすがにそんなことはないが、我先にと走る車で混雑するのは変わらない。できれば違う道を通ってほしいけれど、バスジャックするわけにもいかない。おとなしく後部座席に座ったまま窓の外をふと見ると、大きく立派な虹が西の空に架かっていた。実に堂々とした虹だ。ほかの乗客は誰も気づいていない。皆さん、虹です。虹が出てます。窓の外をご覧下さい。ほら、早く見やがれ。そういいたいけれど度胸がない。

母親と一緒に途中から乗ってきたプール帰りの小さな男の子が、やがて虹に気づいた。「虹が出てるよ。虹が出てるよ」。窓の外を指さしてその子は興奮した声で繰り返す。その声にほかの乗客たちも空を見上げて笑顔になった。全員が虹を見たあとも、「虹が出てるよ。虹が出てるよ」はとまらない。よほど感動したのだろう。「はいはい。わかったから」と母親がいっても、その子は同じ言葉を繰り返す。その子の声に応えるように、虹はいつまでも空にあった。

バスはいつしか甲州街道《こうしゅうかいどう》を走り、さらに脇の道に入って京王線の駅の近くで停車する。芦花《ろか》公園駅。千歳烏山《ちとせからすやま》駅。駅の近くのバス停で幾人かが降り、幾人かが新たに乗ってきた。最初から乗っているのはわたしだけで、ほかの客は全員入れ替わってしまった。窓の外には知らない風景が続き、どこを走っているのかもうわからない。高い建物は周囲から消えて、二階建ての住宅やアパートばかりになった。吉祥寺通《きちじょうじどお》りという表示が電柱に見えた。ＪＲの吉祥寺駅を思い出したが、この場所と吉祥寺駅が頭の中でつながらない。のんびりした道をさらに進むと、「次は北野。北野。このバスの終点です」というアナウンスが車内に響いた。客はわたし以外にはもう一人、買い物帰りの地元の女性がいるだけだ。

「長らくのご乗車ありがとうございました。北野。終点です」

ああ、やれやれという感じでバスは停車し、運転手さんは扉を開けた。北野は何もなさそうなところだった。こんなところで降ろされても困ると思ったが、座席にしがみついているわけにもいかない。

バスを降りて時計を見ると、一時間近く過ぎている。結構乗ったなあ。高校も神社も見当たらないけれど、ここは本当に北野なのだろうか。北野って何区なんだろう。道路脇に付近の地図があった。確認すると、北野は三鷹《みたか》市だった。荻窪から三鷹には電車でしかいけないと思っていたのに、バスでもこれるのか。三鷹は吉祥寺の隣町。吉祥寺通りは吉祥寺駅につながっているんだな。

小さな公会堂がバス停のそばにあった。近いうちに盆踊りがあるらしく、櫓《やぐら》を組む準備がしてあった。

思いがけなく遠出して、三鷹まできてしまった。解放感と同時に心細さもあった。バスに一時間乗れば、まるで違う風景の中に立てることを知った。少し歩くと畑が広がり、茄子《なす》やトマトが育っていた。空は大きく、驚いたことに虹がまだうっすらと残っていた。細いトンボがまっすぐやってきて、畑の向こうに飛び去った。

四丁目から四谷へ

銀座のギャラリーで写真展をするというハガキが知人から届いた。早くいこうと思いながら一日のばしになり、とうとう最終日になった。最終日の展示は五時までとハガキに書いてある。わたしは二時過ぎに家を出て地下鉄に乗った。銀座で電車を降り、地上に出ると、どこからかチャイムが聞こえてきた。三時を知らせるチャイムらしかった。

初めていくギャラリーだから、ハガキの地図を見ながら歩いた。曲がるところを間違えて少し迷ったけれど、まあまあ順調にギャラリーに着いた。が、会場の雰囲気がどうもおかしい。男たちが慌ただしく働いているうえ、壁には写真が一枚もないのだ。このギャラリーではないのだろうか。「あの、写真展は……」そばにいた人に尋ねると「三時で終わりましたよ」。「五時までじゃないんですか」「三時ですよ」わたしはハガキを見直した。「最終日は五時まで」とさっきまで書いてあったのに、いつのまにか「十五時まで」になっている。不思議なこともあるものだ。時計を見ると三時十分、たった十分の差で見られないなんて。途中で道を間違えなければ間に合ったのに。いやいや、そんなことはない。銀座の駅に着いたのが三時ちょうどだったし。

会場の中央に置かれた台車には、パネルがうずたかく積まれていた。三時まで壁にあった写真のパネルだろう。わずか十分で全部はずしてしまうなんて何という早業《はやわざ》だ。もっとゆっくりはずしてくれたら見ることができたのに。わたしは未練がましく入口に立っていた。神様みたいに親切な人が台車の上の写真を見せてくれることを期待して。でも神も仏もいなかった。わたしはあきらめて外に出た。

まだ日は高く、秋の空は晴れ晴れと広がっていた。せっかく銀座まできたのに、このまま家に帰るのはもったいない。そう思いながらぶらぶら歩いていると、目の前をバスが通過した。途端に気持ちが切り替わった。銀座を走るバスは多いのに、銀座からバスに乗ったことは一度もない。この機会に乗ってみよう。わたしは「銀座四丁目」のバス停から「四谷《よつや》駅」いきの都バスに乗り込んだ。

銀座を通るバスだからといって、特別豪華なバスではなかった。運転手さんの容姿もごく普通。きれいなバスガイドさんもいない。銀座仕様のバスとサービスと運転手さんを要求したら乗車賃ははね上がるだろう。椅子に座るだけで二万円とられたりして。乗客も選別されてわたしは乗せてもらえないかもしれない。普通のバスでよかった。

銀座四丁目の交差点を越えて、バスは晴海通《はるみどお》りを走る。千疋屋《せんびきや》やあけぼのといった昔ながらの老舗もあれば、ディオールなどのブランドショップもある。マツキヨやGAPなんかも。何だかバランスが悪い気がするが、これが今の銀座なのだろう。

JRの高架をくぐってしばらく走ると、皇居の石垣が見えてくる。左手は日比谷公園だ。広々とした、いい眺め。皇居のまわりを走るランナーたちの姿も見える。お濠《ほり》と公園にはさまれた、緑豊かな大通り。さわやかな秋の空気が少し開いた窓から入り込む。東京っていいなあと観光客の気分で景色を楽しんでいると、「次は警視庁前、警視庁前。桜田門《さくらだもん》でございます」というアナウンスが聞こえてきた。リラックスした気分がいっぺんに吹っ飛ぶ。何もこんなところに警視庁を作らなくてもいいだろうに。じゃあどこならいいかと訊《き》かれると困るけど。警視庁の周辺には厳《いか》めしい警備の人たちが立っていて、指名手配されているわけではないのに緊張する。降車ボタンが押され、がっしりしたからだつきの男が降りていった。もしかして刑事さんだろうか。わたし、バスの中で怪しいふるまいしなかったよね？

バスもタクシーも一般の車も、スピードを上げて警視庁の前をそそくさと走り去る。長居したくないのだな。警視庁を過ぎると、見覚えのある建物がぬっと現れる。国会議事堂だ。国会議事堂ってテレビの中だけでなく本当にあるんだな。昔はお札の裏に印刷されていたけれど、いつのまにか消えている。

「次は三宅坂《みやけざか》、三宅坂。国立劇場前でございます」。国立劇場の手前には最高裁判所がある。歌舞伎や文楽を上演する国立劇場と最高裁がお隣同士なのは、何となく奇妙な感じがする。でも考えてみるとどちらも人間の愛憎や欲望と向き合う場所だ。法廷でも舞台でも、生々しい人間の姿があらわになる。裁判所と劇場は意外に近い関係なのかもしれない。

十年ほど前、国立劇場に歌舞伎を観にいくと警備が過剰だった。何かあるなと思っていたら、天皇と皇后がこられていた。皇居から国立劇場は目と鼻の先だが、皇室の人たちは気が向いたときにふらりと歌舞伎を観にいくわけにはいかないのだろうな。

そんなことを思っていると、「次は半蔵門《はんぞうもん》、半蔵門です。麴町《こうじまち》警察署においでの方はこちらが便利です」。うへえ、また警察かよ。悪いことをして逃亡中の人は、この路線のバスには絶対乗りたくないだろうな。冷や汗をかいている人はいないだろうかと車内を見回すが、みんなすまして座っている。後ろ暗いところがないのか、よほど面《つら》の皮が厚いのか。

麹町署の先に白バイが一台停まっている。近くに黒いオートバイも停車し、白バイの警官とオートバイの人は話をしている。二人は高校の同級生で、信号待ちでたまたま一緒になったので路上で昔話に花を咲かせている。なんてことはないだろうな。

「次は麹町二丁目、麹町二丁目です」

街の雰囲気が少しずつ変わる。カフェがあり、ラーメン屋があり、コンビニがある。人の暮らしのにおいがする。麹町四丁目、五丁目と進むに従い、娑婆《しゃば》の気配が濃くなっていく。警視庁や国会議事堂付近では、そういうものは見えなかった。堅苦しい建物がそびえているだけだった。だから空気も堅かった。

正面に大きな看板がいくつも見え、人通りもにぎやかになってきた。終点の四谷駅までもうすぐだ。四谷といえば四谷怪談。人の愛憎から生まれる悲劇はいつの時代にも、どの街にもある。

図書館まで

わたしは中野区に住んでいる。時々図書館を利用する。うちから一番近いのは本町《ほんちょう》図書館で、歩いて十分ほどだ。小さな図書館だから、読みたい本がないことも多い。そういうときは、区内のほかの図書館から本町図書館まで取り寄せてもらう。中野区のどこにもないときはお隣の杉並《すぎなみ》区の図書館の蔵書をネットで調べる。あれば一番近い高円寺図書館で受け取れるよう申し込む。

近いといっても、高円寺図書館まで歩くと四十分ぐらいかかる。だからつい地下鉄に頼ってしまうが、乗るのはたった一駅だ。新中野の地下鉄の階段を下りて、改札を通って、電車がくるのを待って、乗り込んで、電車が動き出したと思ったらすぐ次の駅に着いて、電車を降りて、改札を通って、階段を上がって、そこから十分歩かないといけない。これでは楽をしてるんだか苦しんでるんだかわからない。おまけに、散歩に適した静かな道ならいいけれど、傍《かたわ》らを車がびゅんびゅん走る幹線道路を歩くのだ。情緒もへったくれもあったもんじゃない。もうちょっといい方法はないかと思っていたら、バスがあるじゃないかとある日気づいた。近所のバス停から王子《おうじ》駅いきの都バスが出ている。これに乗って「高円寺体育館前」というバス停で降りれば、図書館は目の前だ。どうしてもっと早く気づかなかったのだろうと思いながら、それからはせっせとバスを利用するようになった。

バスには乗れるし、ラクチンだから、最初のうちはこのいき方に満足していた。ところがそのうちにまた不満が出てきた。

本町図書館にいくときは、適当な服を着、適当なものを履き、化粧もろくにせずにいく。近所に買い物にいくのと同じような感覚だ。でもバスに乗って高円寺図書館にいくときは、ちょっとしたお出掛け気分になる。だから何を着ていこうか軽く悩むし、化粧だって少しはする。となると、帰りにカフェか喫茶店に寄ってコーヒーぐらい飲みたくなるのが人情だ。なのに、高円寺図書館のまわりにはそういうものがない。仕方がないからＪＲの高円寺駅まで歩いて、そこで一休みするようになった。

何かおかしいとある日気づいた。一駅だけ地下鉄に乗ったあと十分歩くのに疲れて、バスで図書館にいくことにしたのだ。でも高円寺図書館からＪＲの駅まで徒歩で十五分かかる。十五分は十分より長い。しかも十分歩くときは身軽だが、十五分歩くときは借りた本でカバンが重い。これは何だか変ではないか。頭を抱えて悩むうち、いいことに気がついた。高円寺駅の上の階に区役所の出張所があり、図書館の本の貸し出しもしているらしいのだ。出張所で本を受け取ることにすれば、重いカバンを抱えて十五分歩かずにすむ。おまけに「高円寺駅入口」のバス停は「高円寺体育館前」の二つ先だから、少し長くバスに乗っていられる。まったくいいことずくめではないか。わたしは自分の発見に満足し、それからは杉並区の本を借りたいときは高円寺駅にいくようになった。

　高円寺には喫茶店やカフェがたくさんある。駅で本を受け取ったあと好きなお店に入り、コーヒーを飲みながら本を読む。至福のひとときだ。小一時間ほどお店で過ごし、それからバスで帰宅する。

　しばらくはこの流れに満足していた。でもやがてまた気がかりなことが出てきた。高円寺駅の北口からは練馬《ねりま》や赤羽《あかばね》にいくバスが、南口からは永福町《えいふくちょう》や五日《いつか》市街道《いちかいどう》営業所にいくバスが出る。バス停の前を通りかかったとき、バスがいなければいい。でもたまたま停車していて、どうぞお乗りくださいというように扉が開いているとふらふらとバスに吸い込まれそうになる。お酒の好きな人が赤ちょうちんの前を素通りできないのに似ている。

わたしが高円寺駅に本を借りにいくのはいつも夕方だ。喫茶店でくつろいだあと表に出ると、あたりはもう薄暗い。暗い道を走っても景色は見えない。渋滞に引っ掛かればイライラする。乗らないほうがいいとわかっているのに、わたしの足はバスのステップを上がりたがる。何て頭の悪い足だろう。

六時十五分発、赤羽いきの国際興業バスにわたしは乗り込む。赤羽にいったことはないけれど、高円寺から遠いことは何となくわかる。多分一時間ぐらいかかるだろう。途中でおなかがすくだろう。赤羽に着いても何も用はない。お店は全部閉まっているかもしれない。バス停の近くをぶらついて、すごすごと帰るだけかもしれない。どうせいくならもっと明るい時間にしなさいよ。いろんな言葉を自分にかけて思い直させようとするけれど、わたしの足は聞こうとしない。後ろの座席にしっかり腰をおろし、バスのエンジンがかかるのをどきどきしながら待っている。

思い出経由、美容院いき

「前から思ってたけど、俊子ちゃんの頭ってださいよね」

同い年の友人の京子ちゃんがいった。いい年をしたおばさん二人が「ちゃん」付けで呼び合うのもどうかと思うが、長年これで通してきたので今さら変えるわけにはいかない。

「そうかな。こんなもんじゃない？」

「うーん、もうちょっと何とかなると思うんだよね」

わたしの頭はおかっぱだ。おかっぱ歴は三十年以上。京子ちゃんとの付き合いよりおかっぱとの付き合いのほうが長い。「ちゃん」付けで呼び合うことと同様に、おかっぱだってやめられない。京子ちゃんはわたしがサザエさんみたいな頭にすればいいとでも思っているんだろうか。

「おかっぱは悪くないんだよ。俊子ちゃんのおかっぱがださいんだよ。いつもどこでやってもらってるの？」

「近所の美容院」

わたしは美容院の椅子に長時間座ることや、美容師さんとのおしゃべりが苦手だ。うちの近所の美容院のお兄さんは無言でさっさと髪を切ってくれる。そこが気に入って通っている。

「わたしがいってる美容院、バンちゃんって人がカットうまくて、お客さんに似合う髪にしてくれるんだよ。俊子ちゃんも一度いってみない？」

「どこにあるの？」

「下北沢《しもきたざわ》」

ちょっと遠いな。近所の美容院には一分でいけるけど、下北沢までは三十分以上かかる。頭は近所でさっさとすませたいんだけどなと思いながら、京子ちゃんの髪を見る。頭の上のほうにボリュームをもたせ、耳の上でばちっと切りそろえたショートカットは京子ちゃんによく似合っている。これ以上長くても短くても京子ちゃんらしくない感じ。確かにバンちゃんはカットがうまそうだ。わたしも一度いってみようかな。

翌月、そろそろ髪を切りたくなったのでバンちゃんがいる美容院に電話した。三時過ぎの予約を入れて、電車を乗り継いでその店にいった。バンちゃんは黒いセーターとスニーカーのさばさばした女性で、「いらっしゃい。京子さんから伺ってます」とにこやかにいった。

居心地のいい美容院だった。美容師さんたちは皆きびきびと働いていた。こちらのプライバシーは全然訊かれなかった。でも終わって鏡を見てぎょっとした。バンちゃんはわたしの頭を思いきり短いおかっぱにしていた。いくら何でも切り過ぎだろう。これではワカメちゃんより短いじゃないか。これならサザエさんパーマのほうがましだ。おのれ京子め、あの美容院には二度といくもんか。

それから数日後、別の友人に会った。友人はわたしの頭を見るなり「あ。かわいい。すごく似合ってる」といった。それでたちまち機嫌が直り、バンちゃんに一生ついていこうと決めた。

バンちゃんの美容院にいくときはまず地下鉄で新宿に出て、それから小田急《おだきゅう》に乗り換えて下北沢に向かう。下北沢まではバスでもいける。新宿発の「新代田《しんだいた》駅前」いきの都バスに鍋屋横丁《なべやよこちょう》から乗り、終点で降りて七分ほど歩くと下北沢だ。そのいき方は知っているけれど、わざと気づかないふりをしていた。そのバスが方南町《ほうなんちょう》を通るからだ。

鍋屋横丁に越してくる前、わたしは方南町に九年ばかり住んでいた。いい思い出もよくない思い出も方南町にはたっぷりあるから、軽い気持ちで通り過ぎることはできない。鍋屋横丁から方南町まではほんの二、三キロだけど、近くて遠い町なのだ。

だから下北沢の美容院にいくときはいつも電車を利用していた。でも、よく晴れた秋のある日、きょうはバスでいってみようかなとふと思った。いつもより早めに家を出て青梅街道《おうめかいどう》のバス停に向かった。時刻表を見ると、新代田いきのバスは一時間に四、五本ある。でも青梅街道は混んでいるから時刻表通りにはこないだろう。案の定、バスは八分遅れてやってきた。空席の多いバスに乗り込んで、青梅街道を高円寺方向に走る。このあたりはまだへっちゃらだ。高円寺にいくときにもバスは青梅街道を走るから、窓の外に広がるのはいつもの見慣れた風景だ。でも高円寺陸橋でバスが左折し、環状七号線を南に走り出すと心臓がちくちくしてくる。方南町にいきたい気持ちと、いきたくない気持ちがごっちゃになる。わたしの気持ちにはおかまいなしに、時速五十キロでバスは思い出に向かう。ほら、セシオン杉並。区の公共施設。昔、誰かときたことがある。ほら、善福寺川《ぜんぷくじがわ》。昔、誰かと川沿いを歩いた。そこから方南町はあっという間で、懐かし過ぎる光景が左右の窓に広がる。昔リサイクルショップだったところはスーパーになり、昔コンビニだったところはオートバイの店になっている。町も変わった。わたしも変わった。住んでいる人も入れ替わっただろう。昔住んでいた集合住宅の前にバスは差し掛かる。お世話になった管理人さん、まだいるのかな。エントランスを素早く覗《のぞ》くと、管理人室は真っ暗だった。

神田川の上をバスは通過する。「釜寺《かまでら》」というバス停も通過する。昔、このバス停で渋谷いきのバスを待った。新代田いきのバスも待った。みんなみんな昔の話になってしまった。通り過ぎた時間はどこにいくのか。あの頃の自分はどこにいるのか。

感傷的になっているわたしを無視して、バスはどんどん走り続ける。思い出の町が遠ざかる。いつまでも過去に縛られているわけにはいかないよ。バスが甲州街道を渡る頃、わたしは気持ちを切り替える。バンちゃんの顔を思い出し、きょうはどんな髪型にしてもらおうかなと考える。どんなって、もちろんきょうもおかっぱに決まってるんだけど。

こんな偶然

朝の九時に池袋にいった。新宿や渋谷にはよくいくけれど、池袋にいく機会はあまりない。いくとしても夕方か夜だが、大事な用があったので早起きをして出掛けた。一時間あまりで用事はすんだ。まだまだ午前中である。何だか得をしたような気分で駅の北側の静かな通りを散歩していると、見覚えのある人が向こうからやってきた。二カ月前にトークイベントをしたとき、お客さんとしてきてくれた女性だ。でも一度会って少しお話ししただけだから、自分の記憶に自信がない。もうすぐ池袋で古本屋を始めるとその人はいっていた。お店が無事にオープンしたことはツイッターを見て知っていた。だから池袋を歩いている可能性は大いにある。でも、一度会っただけの人と、朝の池袋で偶然会ったりするものだろうか。声をかけたいけれど、間違っていたら恥ずかしい。迷いながら歩いていると、「どうしたんですか」とその人は声をかけてくれた。よかった。やっぱりあの人だった。

「池袋に用事があって。お店、この近くなんですか」

「ええ。すぐそこです。寄っていきます？」

「はい」

わたしは店主直々に案内されてお店にいった。前はスナックだったというそのお店には、大きなカウンターがあった。「ウィスキー、ダブルで」とかいいたくなる雰囲気だったが、お酒を出しているわけではなかった。本の棚を眺めて四冊買った。

少しおしゃべりをしてその店を出た。時計を見るとまだお昼前だ。二時に渋谷で待ち合わせがあるけれど、それまで時間はたっぷりある。こういうときこそバスである。わたしは線路の下をくぐって西口から東口にいった。駅前の交番の隣から渋谷いきの都バスが出ている。バスはすでに待っていた。よしよしと思いながら乗り込むと、予想に反して満員だった。平日の午前中だからすいていると思ったのに。出口に近いところまで進み、吊り革につかまる。バスが停まっているあいだはつかまる必要はないのに、何となくつかまってしまう。「あら。きょうは混んでるのね」といいながら乗ってくる人がいた。きょうはみんな午前中に池袋で用があり、午後から渋谷で用があるのだろうか。鼻にチューブをさした高齢の女性が小さなキャリーバッグとともに乗ってきた。優先席はとうにふさがっている。うわあ、どうしようと思っていると、入口のそばに座っていた男性が席を譲った。

「混んでるんだからどかせなさいよ」

誰かの怒り声が後ろのほうから聞こえてきた。荷物を置いて二人掛けの席を独り占めしている女性がいるらしい。注意された女性は無言のまま自分の膝に荷物を移した。注意した人は不機嫌そうな顔であいた場所に腰をおろした。出発までの時間が長いと、いろんなことが車内で起きる。ふうとため息をつくようにドアが閉まり、バスはようやく動き始めた。池袋の駅を右手に見ながら、明治通りをバスは進む。明治通りは山手線の内側を線路に沿うように走っている。雑司《ぞうし》ヶ谷《がや》、学習院下、新宿三丁目などを通過して、このまま道なりに進めば渋谷だ。

雑司ヶ谷の先で、明治通りと都電荒川線の線路はしばらく並んで走る。以前、きょうとは逆に渋谷から池袋までバスに乗ったとき、前からやってくる都電が運よく見えた。きょうも都電は見えるだろうか。わくわくしながら窓の外を見るけれど、あいにく都電は通らない。何だか残念だ。バスを降りて都電が通るまで待っていようか。そんなことをちらりと思う。

「高田馬場《たかだのばば》二丁目」のバス停に差し掛かる頃、おいしそうなにおいが車内に漂ってきた。窓の外には中華料理やファストフードや洋食のお店が並んでいる。そろそろお昼休みなのか、サラリーマンらしい人たちが連れ立って歩道を歩いている。バスの窓は閉まっているのににおいが入ってくるのが不思議だ。急におなかがすいてくる。バスを降りて何か食べようか。そんなことを今度は思う。バスの中に食堂があればいいのに。

乗客は徐々に入れ替わり、「新宿伊勢丹《いせたん》前」でようやく座ることができた。まわりを見ると、池袋から乗っているのはわたしだけになっている。古狸《ふるだぬき》とか古株とか呼ばれる存在だ。このまま終点まで乗り続ければ、古狸の度合いはますます高まる。池袋から渋谷まで山手線なら十五分、その倍以上の時間をかけてバスでいく人は多くないらしい。

千駄ヶ谷《せんだがや》のあたりにくると空気がしんとして、食べ物のにおいはもうしない。表参道のあたりからは外を歩く人の数がどんどん増える。「神宮前六丁目《じんぐうまえ》」を過ぎるとバスは明治通りをそれて山手線の高架をくぐる。渋谷駅の東口は目と鼻の先なのにわざわざ道をそれるのは、明治通りに飽き飽きした運転手さんが反乱を起こしたのだろうか。バスは山手線の外側を線路に沿って走り、渋谷駅の西口に着いた。終点かなと思ったが、そういうアナウンスは流れない。乗ったままでいるとバスはまもなく動き出し、もう一度山手線の高架をくぐって再び明治通りに入った。

渋谷駅東口。東急《とうきゅう》インの前でバスは停まった。今度こそ終点だろうと思ったが、アナウンスによればこのまま池袋までいくらしい。つまり循環バスなのだ。ということは、永遠にバスに乗っていられるのだろうか。いやいや、世の中そんなに甘くはない。以前渋谷からバスに乗ったときは池袋で全員降ろされた。池袋に戻るとそれ以上は循環しないのだ。山手線みたいにぐるぐる回りっぱなしのバスがあればいいのにと思いながら渋谷駅東口でバスを降りた。駅のほうに向かって歩き出した途端、すぐ隣のバス停に知り合いがいた。大先輩の詩人のSさんだ。Sさんには何度も会ったことがあるから、今度は断定できる。Sさんはバス停の椅子に腰掛けて本を読んでいた。声をかけると「あら」と驚いた顔をした。

「どちらまでいかれるんですか」

「東京女子医大。週に一回通ってるの」

そこは「早大正門《そうだいせいもん》」いきの都バスがくるバス停だった。路線図を見ると、真ん中より早稲田《わせだ》寄りのところに「東京女子医大前」というバス停があった。

「こんなところでお会いするなんて面白いですね」

「ほんとねえ。あなたはどちらまで?」

早大正門いきのバスの本数はそう多くない。バスがくるのを待ちながら、Sさんとたっぷり話ができた。一日に二人の知り合いと偶然会うなんて不思議な話だ。池袋からバスに乗らなければSさんには会わなかっただろう。バスに乗った時間が早いか遅いかしても会わなかったかもしれないし、都電や食べ物の誘惑に負けて途中でバスを降りていたら、多分会えなかった。池袋から渋谷まで古狸になって乗り続けたから、ご褒美としてバスがSさんに会わせてくれたのだろうか。バスもたまには粋な計らいをする。やがてやってきたバスにSさんは乗り込んだ。手を振って見送ったあと、わたしは再び歩き出した。

浮き沈み

週に一回、木曜の午後、詩の話をするために青山《あおやま》にある短大に向かう。授業の開始は二時四十五分。うちから短大までは四十五分ほどだから二時に出ればぎりぎり間に合う。でも学生に配る資料の準備があるので、一時半には家を出ることにしている。朝起きてから出掛けるまでの時間はたっぷりとあるのに毎週なぜか遅くなり、地下鉄の駅まで走ることになる。

四時十分に授業は終わり、講師控え室で一休みしたあと帰路につく。青山通りに面した大学の正門ではなく、東門をわたしはいつも利用している。そのほうが地下鉄の駅に近いのだ。駅までいく途中の骨董通《こっとうどお》りに「南青山五丁目」のバス停があり、「渋谷駅前」発「新橋駅前」いきの都バスが停まる。バスの本数は一時間に二、三本だが、わたしの帰りにあわせるように四時半発のバスがある。授業のあと、気が向くと新橋いきのバスを待つ。

青山界隈はおしゃれな人が多い。ソフトをかぶり襟元《えりもと》にスカーフを巻いた老紳士が、コロンのにおいを漂わせながらわたしの前を通り過ぎていく。サングラスをかけた長身のマダムが背筋をのばして歩いていく。黒いベルベットのワンピースに赤いブーツの娘が足早に通り過ぎていく。通る人たちの服装を眺めていると、バスを待つのが苦にならない。走る車も、個性的な色やデザインのものが目につく。さすが青山。

バスはいつも数分遅れる。始発の渋谷駅から南青山五丁目まではたいした距離ではないが、交通量が多いのだろう。青山通りをやってきたバスは骨董通りを右折しようとするけれど、車が引っ切りなしなのでなかなか曲がれない。バス停に立っていると、すぐそこにバスが見えているのにこないからもどかしい。

バスはたいていすいている。半分以上の座席があいていることもざらにある。乗っているのは地味な人が多い。骨董通りを歩く人はおしゃれでも、バスで通る人は普通だ。「南青山五丁目」を出ると「南青山六丁目」、その次は「南青山七丁目」。とても覚えやすい。けど芸がない。骨董通りには骨董品店ばかりがあるわけではなく、ブティックや靴屋などファッション関係のお店が目立つ。独立した建物は少なく、ほとんどがビルの中にある。新しいビルもあれば、古いビルもある。大きいビルもあれば、細いビルもある。オーナーが好き勝手に建てたと見えてみんなばらばらだ。

昔、骨董通りには都電が走っていたそうだ。いわれてみると、遠い時代の懐かしい空気がどことなく残っている。今は車しか通らない道の真ん中を、昔は電車がごとごと走っていたのだな。骨董通りは都電が似合いそうな町並みだ。

正面に高速道路が見えてきた。まもなく骨董通りは六本木通《ろっぽんぎどお》りに吸収された。交通量もいきなり増え、小川から大河に移った魚のように緊張する。おまけに六本木通りの上には首都高速がかぶさっているから圧迫感がある。

少し走ると右手に六本木ヒルズが見えてくる。でかいなあと思うだけで、親近感はわかない。左手には明治屋がある。このあたりの道はいつも混んでいる。のろのろ進みながらバスは外苑東通《がいえんひがしどお》りの交差点にたどり着く。左に曲がると東京ミッドタウンだが、バスはそちらにはお尻を向けて右折する。頭の上の首都高速とこれでようやく別れられる。

降車チャイムが鳴った。シックなベージュ色の制服を着た小さな女の子が出口に向かう。そのあとを、しゃれたデザインのベビーカーを押した若い母親が追う。子どもも母親も無言で素早くバスを降りていった。この近くに住んでいるのだろうか。六本木に住むってどんな感じだろう。

　ふと気づくと、赤と白の大きなタワーが目の前にあった。東京タワーだ。何だか懐かしい。近頃はスカイツリーばかり注目されて、東京タワーは影が薄い。スカイツリーよりも東京タワーのほうが愛らしくて好きだ。

「麻布台《あざぶだい》」のバス停までできた。歴史を感じさせる、風格ある建物がバス停の前にある。麻布郵便局だ。郵便局といっても、街角にある小さい郵便局とはまるで雰囲気が違う。気軽に入っていけないような厳めしい建物だ。それもそのはず、ここは「旧逓信《ていしん》省貯金局」なのだが、そういわれてもよくわからない。ハガキや切手もここで買えるのだろうか。普通は五十円の官製ハガキが、ここだと五千円ぐらいするのではないか。アールデコの装飾が施された建物の内部はどうなっているのだろう。いつかここでバスを降りて中を覗いてみたい。

　麻布郵便局の斜め前には、周囲を白く長い塀で囲まれた建物がある。閉ざされた門の前に警備の人が二人、建物の角にも一人いる。ここはロシア大使館だからこれぐらいの警備が必要なのだろう。麻布郵便局には入れても、ロシア大使館の塀の中には容易に入れそうにない。塀に落書きするのさえ難しそうだ。

ますます東京タワーが大きく見えてきた。これ以上近づくと危ないんじゃないかと思う頃、桜田通りにぶつかってバスは左折する。「神谷町《かみやちょう》駅前」、そして「虎《とら》ノ門《もん》」。順調にバスは進んでいく。終点の新橋まであと少しというところまでくると、何だかモヤモヤした気分になる。三十分近くバスにゆられるうちに、あそこはあんなふうにいえばよかったとか、あの話をするのを忘れたなど授業の失敗が気になってくるのだ。バスに乗り込んだときは解放感で浮かれていたのに、いつのまにか沈んでいる。

気を沈ませるのは授業だけではない。南青山、西麻布、六本木など裕福なイメージがある街をバスで通ってきた。でも本当に裕福なんだろうか。大きなビルやマンションもバス通りに並んでいるけれど、それらを冷笑するように、ファストフードやコーヒーチェーンなど安価な店はさらに多い。「テナント募集」の貼り紙も目立つ。わたしたちの暮らしは貧しさのほうにどんどん傾いているのではないのか。いかんいかん。おなかがすいてきたせいでどんどん暗い気持ちになる。新橋に着いたら気を取り直して何かおいしいものを食べよう。そう思ってすぐに頭に浮かぶのは味噌ラーメンだったりするのだけれど。

明暗ある道

近所のバス停から、渋谷駅にいく京王バスが出ている。道がそれほど混んでいなければ四十分ぐらいで渋谷に着く。でも道が混んでいるかいないかはバスに乗ってみないとわからないから、渋谷までバスでいくのは危険な賭けだ。

以前、大事な仕事があって渋谷にいくとき、余裕を見て一時間以上前に出るバスに乗った。朝の十時をまわっていた。ラッシュの時間は過ぎただろうと思ったが、バス停のある中野通りがまず混んでいて、甲州街道に出るとさらに混み、その先の山手通《やまてどお》りでは話にならないほど渋滞しバスはちっとも動かなくなった。いかん。このままでは遅れてしまう。先頭が見えないほど並んだ車と時計とを交互ににらみながら、はらはらどきどきいらいらやきもき。バスさんお願いですから早く走ってくださいよところの中で念じるけれど、道がさーっとあいてバスがすーっと通れるような奇跡が起きるはずはない。タクシーに乗り換えようかとも思うけど、空を飛べるわけじゃなし、タクシーだって渋滞はどうにもできまい。それにタクシーがすぐつかまるとは限らない。バスは降りました、タクシーは全然通りません、そんな悲惨な状況になったらどうすればいいのだ。やはりここはじっとバスに乗ってるしかない。ええい、ちびっ子の車ども、そこをどいてバス様をお通ししろ。まわりの人もいらいらしているだろうと思いきや、みんなのんきな顔で携帯を見たり目をつぶって音楽を聞いたりしている。どうした。なぜ怒らない。怒りを忘れた市民たちめ。

これ以上バスが動かないとまずいという時間になった。わたしは運転手さんに頼んでバス停のはるか手前で降ろしてもらい、目的地までダッシュした。髪はくしゃくしゃ、化粧はどろどろ、カバンの中身はがちゃがちゃうるさい。でもそんなことに構ってられない。走り続けて何とか五分遅れで目的地に着いた。疲れ果てて仕事は散々だった。

そういうことが二、三回続くとさすがに懲《こ》りて、渋谷にいくときは地下鉄を利用するようになった。丸ノ内線に乗って新宿三丁目までいき、副都心線に乗り換えるとうちから渋谷まで三十分ほどでいける。バスと違って時間が読めるのがありがたい。新宿で山手線に乗り換えるという方法もあるが、副都心線のほうが乗り換えが楽だ。

渋谷から帰るのはたいてい夜だ。いきは地下鉄のお世話になったけど、帰りは西口のバスターミナルに向かう。地下鉄のホームまでいくのが億劫《おっくう》なのだ。副都心線は新しく（といっても二〇〇八年）開通した路線だからほかの路線より深いところを走っている。ホームにいくにはエスカレーターや階段を乗り継いでどこまでも下りていかなければならない。そんなことをしているあいだにバスならぴゅーっと遠くまでいける。所要時間を合計すると地下鉄のほうが早いのだけど、帰りは急がないしリラックスしたいからバスを利用する。

夜のバスは混んでいる。仕事帰りの人がほとんどだ。男女比は半々ぐらい。若い人もいれば中年の人もいる。この人たちは、毎朝バスで通勤しているのだろうか。はらはらどきどきいらいらやきもきした挙げ句、途中で降りて職場までダッシュするのか。だとすれば立派だな。わたしは何だか負けたような気になって、隅のほうで小さくなる。

時間がきてバスは発車する。ハチ公がいる方向に走り出し、駅前のスクランブル交差点を渡る。正面からも左右の道からも人が駅に押し寄せてくる。黒い液体がじわじわ集まるみたいで何だか恐ろしい。よその町からやってきて渋谷駅を出て散らばっていった人たちが、夜になると戻ってきて駅の中に吸い込まれる。くる日もくる日もそういうことを繰り返して百年以上過ぎたのかと思うと不思議な気がする。

西武百貨店を左手に見ながらバスは公園通りの坂道を上がる。この先に代々木公園があるからこの名がついたのだろうと思っていたが、パルコがあるからでもあるらしい。「パルコ」はイタリア語で「公園」だ。公園通りをさらに進むと渋谷区役所、バスはそこで左折する。「CCレモンホール」から「渋谷公会堂」に名前が戻った建物が左手に見える。駅から続く明るい道が、そこでいきなり暗くなる。この先にはしばらく飲食店もブティックもないのだ。「明暗を分ける」という言葉が脳裏をよぎる。二・二六事件の慰霊碑もある。窓の外が暗くなると車内の空気も暗くなるようだ。

右側にそびえているのはNHKだ。巨大な建物に沿って闇の中をバスは黙々と進む。「放送センター西口」のバス停から、NHKの関係者らしき人たちが疲れた顔で乗り込んでくる。

暗い道を抜けて井《い》ノ頭《かしら》通《どお》りに出ると、白々とした街灯が路上を照らしている。その先の山手通りに入ると、ぱっと目が覚めるようなまぶしさだ。いつ終わるのかわからない山手通りの工事。山手通りがいつも混んでいるのは、長年続いている工事のせいもある。真昼のように明るい照明を浴びながら、ヘルメットに作業服の男たちが路上で大勢働いている。車道は広がり、歩道は整備され、高いところや地下に新しい高速道路が生まれつつある。少しずつだが確実に工事は進んでいるらしい。

バスはのろのろとしか進まない。車の赤いテールランプがはるか前方まで連なっている。いつものことだし、帰りは気持ちに余裕があるからあきらめてゆったり構える。まわりにはこっくりこっくりしている人もいる。お年寄りは乗ってこないから、優先席は若い人たちに占領されている。途中のバス停から乗ってきた人の中には、座席がない人もいる。仕事帰りに立ったまま渋滞に巻き込まれるのはつらいだろうな。

ようやく山手通りを抜けて甲州街道に出ると、東京オペラシティと新国立劇場が待っている。ＮＨＫほどではないにしても、ここも敷地がたっぷり広い。あいているところにわたしの家を建てさせてくれないかしらん。

初台《はつだい》、そして幡ヶ谷《はたがや》と京王線の駅が甲州街道に並ぶ。どちらも地下駅。そのせいか二つの駅の周辺の景色は似ている。小さな飲食店がどちらの駅の付近にもひしめいている。さらに進むと笹塚《ささづか》の駅だが、その手前をバスは右折して中野通りに入る。ここまでくると気持ちがゆるむ。このまま道なりに進むとわたしの家だ。もう自分の家に帰ったも同然だ。初台駅と幡ヶ谷駅で人がたくさん降りたので車内はがらがら。ほっと息をつくと、いきなり睡魔に襲われる。窓の外が何度も明るくなったり暗くなったりすると、睡魔に襲われやすいのだろうか。

夜の中野通りはすいている。あと五分もしないうちにわたしが降りるバス停だ。今寝るのは大変まずい。絶対に寝てはいけない。自分に言い聞かせるとはいはいと答えるけれど、上下のまぶたは声を無視してくっついてしまう。

王子様に会いに

鍋屋横丁に引っ越してきてまもない日のこと。「駒沢陸橋《こまざわりっきょう》」いきの都バスを待ちながら路線図をぼんやり眺めていると、「王子駅前」いきもあることに気がついた。

王子という名の駅があることは以前から何となく知っていた。でもかなり遠いみたいだし、どうやっていくのかわからないし、王子にいく用事は特にないので気にしたことはなかった。ふうん、ここから王子いきのバスが出てるのか。王子にいくと王子様が道をぞろぞろ歩いてて、前からくる人も後ろからくる人もみんなみんな王子様で、石を投げれば王子様に当たるんだろうな。ラーメン屋に入れば店主もお客も王子様で、交番にいけばお巡りさんも泥棒も王子様だったりするのだろう。駅前で「王子様ー」と呼んだら、歩いてる人が全員振り向いて「はーい」と答えるだろう。

今どきの王子様は若いとは限らない。美貌《びぼう》も期待できないし、甘やかされて育ったせいで性格に問題があったりする。王子にいけば一人ぐらい若くてきれいで性格もいい王子様がいるのだろうか。

路線図を見ると王子駅ははるかかなただ。バス停の数を数えたら、鍋横から王子駅まで四十あった。四十。まるで双六《すごろく》だ。途中でふりだしに戻ったり、一回休んだりもありそうだ。「小茂根《こもね》」とか「姥ケ橋《うばがばし》」とか、どこにあるのかわからないバス停が途中にある。「姥ケ橋」なんて魔法使いが待ち伏せていそうな名前だ。王子様に会いたければ、その前に魔法使いの洗礼を受けないといけないらしい。でもそうやってはるばる王子駅にいったところでろくな王子様はいないのだ。わたしは王子駅いきのバスをずっと無視していたが、姥ケ橋に棲む魔法使いはわたしがバス停に立つたびにおいでおいでと手招きをする。あるとき、とうとう誘惑に負けて王子駅いきのバスに乗ってしまった。青梅街道の街路樹のイチョウの黄葉が見事な冬の日だった。

バスは高円寺陸橋で青梅街道を右折して環七《かんなな》を北に進んだ。その後もイチョウ並木は続いた。あれっと思った。高円寺陸橋より南の環七にはプラタナスが並んでいる。葉っぱを落とした枝に、ころんと丸い実が毎年たくさんぶら下がる。環七の北と南では街路樹の種類が違うのだな。

前方にJRの高架が見えてきた。銀色にオレンジのラインが入った中央線の電車が、阿佐ケ谷方面に走り去った。高架をくぐってさらに進むと、「野方《のがた》駅南口」のバス停があった。野方は西武新宿線の駅だ。次のバス停は「野方駅北口」。野方には各停の電車しかとまらないのに、北と南に二つもバス停があるのか。カフェやライブハウスや居酒屋が多くて野方よりにぎやかな高円寺駅でさえ一つしかないのに生意気だな。野方駅に近いのはどっちのバス停だろう。「二つとも遠いよ」魔法使いのおばあさんの意地悪そうな声がした。

中野北郵便局の先で道は二手にわかれた。まっすぐいくと西武池袋線の練馬駅だが、バスは右にカーブしてそのまま環七を走る。

「ＭＵＨＩ」という赤い字がいきなり目に飛び込んだ。バス通りにあるビルの壁に、赤く大きな字で「ＭＵＨＩ」とある。無印良品の「ＭＵＪＩ」かと一瞬錯覚したが、巨大なムヒを抱えたアンパンマンが立っていた。ムヒの会社はこんなところにあるのか。子どもの頃は蚊に刺されるたびにムヒの白いクリームを手足に塗りたくったっけ。蚊がいない冬場は、ムヒの会社は何を造っているんだろう。

少しいくと公園があり、イチョウが黄金色に輝いている。バス通りから奥に入ったところにも、大きなイチョウの木の頭が見える。この時期、イチョウは隠れることができない。どこにいてもすぐに見つかってしまう。

怒ったように歩道のイチョウを掃いている人がいる。色づいたイチョウを眺めるのは楽しいけれど、掃除をする人は大変だ。きょうもあしたもあさっても、イチョウの葉は容赦なく降る。落ちた葉っぱがお金に変われば皆が拾ってくれるけど、そうじゃないから路上にたまる。姥ケ橋の魔法使いに頼んで、落ち葉をお金に変えてもらうことはできないだろうか。

王子に向かっているのに、魔法使いのことばかり気にかかる。子どもの頃に読んだ童話のせいで、王子様と魔法使いはわたしの中でセットになっているらしい。わがまな王子より、空を飛んだり薬草を煎じたり王子をヒキガエルに変えたりできる魔法使いのほうが面白そうだ。友だちになるなら王子様より魔法使いのほうがいい。王子駅があるなら魔法使い駅もあればいいのに。

「次は神谷町《かみやちょう》。神谷町でございます」車内アナウンスが流れた。神谷町といえば東京タワーがあるところではないか。わたしたちは今、東京タワーの近くを走っているのか。魔法使いのせいで？　おかしいと思いながらバス停を見たら、「北区神谷町」だった。もちろん東京タワーの姿はなかった。

出発したのは中野区だった。杉並区、練馬区、板橋区を通過して、いつのまにか北区にきている。時計を見ると乗ってから一時間近くたっている。結構乗ったなあ。JRと西武新宿線をくぐったあと、西武池袋線の線路を越えた。それから東武東上線をくぐり、JRの線路を二つ越えた。線路を一つ越えるたび、遠いところにきたような気になる。

「王子五丁目」から「王子四丁目」、さらに「王子三丁目」とバス停の数字が減っていく。それにつれて飲食店や銀行や花屋やコンビニなどが増え、あたりがにぎやかになっていく。もうすぐ終点だなと思っていると、正面に王子駅が見えてきた。予想していたよりも大きく立派な駅舎だ。在来線と新幹線の線路がタテに二列に並んでいるのが見える。

駅前のターミナルにバスは停まった。さて、どんな王子様が出迎えてくれるだろう。期待しながらバスを降りると男子中学生のグループがのたのたと歩いている（王子様か？）。その後ろからスーツ姿のサラリーマンがやってきて、足早に彼らを追い越していった（王子様か？）。黒い革のパンツをはいた男が、腰につけた鎖をじゃらじゃらいわせながら通り過ぎていった（これも王子様なのか？）。どこかでケーンと鳴き声がした。見回すと、みどりの窓口の飾り窓に狐《きつね》のお面をかぶった人形が並んでいた。駅のコンコースには「狐の行列」「狐火」と書かれた黄色い提灯がいくつもぶら下がっている。王子様でも魔法使いでもなく狐？　王子と狐はどういう関係があるのだろう。改札口にいる駅員さんに訊いてみた。

「ああ、大晦日《おおみそか》に狐の行列があるんです。狐に扮した人たちが夜道を歩くんですよ」

そんな行事があるとは知らなかった。都内でも、少し離れると情報は伝わらないものだな。でもなぜそんな行列をするのだろう。不思議に思いながら駅員さんを見ると、耳がとがり、目が吊り上がって狐のような顔をしている。驚いてあとずさりした拍子《ひょうし》に誰かにぶつかった。すみませんと謝りながらその人を見ると、耳がとがり、目が吊り上がってやっぱり狐だ。おたおたしながらまわりを見るとあっちもこっちも狐だらけで、ふさふさした尻尾《しっぽ》をゆらして歩いている。この狐たちが全員王子様なのか。思わず悲鳴を上げそうになったが我慢した。狐の鳴き声みたいなものが自分の口から出るのが怖かったのだ。

天神まで

福間《ふくま》駅は福岡県にある。博多から快速電車で三十分ほどのところだ。福間駅がある場所は、以前は福間町だった。数年前に津屋崎町《つやざきまち》と合併し、二つの町の名前を一字ずつ取って福津《ふくつ》市になった。よくある安易なネーミング。「ふくつ」と聞くと「不屈」を連想する。福津市に住むと、不屈の魂が手に入るのだろうか。

わたしの母はその福津市に二十年以上住んでいる。最初の七年は父と一緒だったが、父が亡くなってからは一人暮らしだ。

父の仕事は異動が多く、およそ三年ぐらいで鳥取、島根、山口、福岡などに転勤になった。そのたびに一家四人で引っ越した。わたしと妹が高校を卒業して家を出たあとも転勤は続いて両親は各地を転々とした。父が定年退職する一年前に買ったのが今の家だ。福間には縁もゆかりもなく、親戚も知り合いもいないのにこの町を選んだ。

父の最後の赴任地だった博多に住むことも考えたが、郊外のほうが同じ予算で広い家が買えるので、当時新興住宅地として開けつつあった福間を選んだらしかった。

三十代の頃までは、わたしはあまり実家に帰らなかった。父が亡くなってからはお盆とお正月には必ず帰る。中学や高校をこの町で過ごしたわけではないから、福間に友人は一人もいない。でも、大人になり、仕事を通じて知り合った人が博多には何人かいる。Mさんもそのうちの一人だ。Mさんは博多に住んで装丁の仕事をしている。わたしは詩集やエッセイ集の装丁で何度かMさんのお世話になった。

Mさんはわたしよりいくつか年上だ。でもわたしよりバイタリティがあって、仕事にも遊ぶことにも精力的だ。いろいろなところに旅行するし、仕事で時々東京にもくる。

お正月に、Mさんと博多で会う約束をした。待ち合わせ場所は天神《てんじん》の西鉄《にしてつ》グランドホテルのロビーだ。福間の家から天神までは、二通りのいき方がある。一つは福間駅までバスでいき、JRに乗り換えて博多駅にいってそこから地下鉄に乗る方法。もう一つは、うちの近所のバス停から天神いきのバスに乗る方法。さて、どちらにしよう(もちろん天神まで歩くとかヒッチハイクとかもあるけど除外)。

「バスにしなさい。ずっと乗ったままでいけるから楽だよ」

即座に母は答えた。母は天神にいくときいつもバスを利用する。でも、バスが特別好きなわけではない。

福岡県を網羅する西鉄バスには、六十五歳以上の人を対象にした「グランドパス65」という割引制度がある。これを利用すると路線バスが乗り放題になるのだ。有効期限が一カ月のカードは六千円、三カ月だと一万三千円、半年だと二万三千円。母がいつも買うのは三カ月有効のカードだ。この制度を利用するようになってからというもの、母はたいした用がなくてもバスで出掛けるようになり、以前は歩いていった場所にもバスでいくようになった。家に帰ると正規の運賃をカレンダーの余白に書き込んで、三カ月ごとにそれを集計し、全部でいくら得したかを確認してにんまりするのだ。何だかせせこましい話だが、わたしが母でもきっと同じことをするだろう。

母のカードを借りられたらいいけど、そういう不正ができないようにバスカードには利用者の写真が貼られている。

福間から天神までバスでいくのと、バスと電車を乗り継いでいくのとでは、運賃はそれほど変わらない。乗り換えをせずにすむバスは確かに楽だけど、時間が読めないのが困る。宮地嶽《みやじだけ》神社や宗像《むなかた》大社といった大きな神社がこのあたりにはある。初詣の車で混雑すれば博多に着くのはいつになるかわからない。以前、お正月にうちから駅までバスでいったとき、ひどい渋滞で困ったことがある。まして天神までとなると、どんな渋滞が待ち受けているかわからない。派手に遅刻するとまずいからやはり電車にしよう。

「終点でバスを降りて野村証券の中を通るとグランドホテルまですぐだから」

母はしきりにバスをすすめる。野村証券の中を通るとはどういう意味だろう。

「どうしようかな。取りあえずバスに乗って様子を見てから決める」

時刻表を見ると十一時二十二分のバスがあった。それに乗るつもりで十五分に家を出る。国道にあるバス停で26Ａのバスを待つ。「赤間《あかま》営業所」発「天神三丁目」いき。時間になってもやはりバスはこない。いつものことだから気長に待っていたら、五分遅れでやってきた。

西鉄バスの乗り口は車体の真ん中にある。観音開きの扉が左右にあいた。整理券を取ってステップを上がる。乗り口は二人並んで入れるほど広く、整理券の機械も左右にある。乗客は中学生ぐらいの女の子と、おじさんとおばさんの三人だ。お正月だから少ないのか、お正月なのに少ないのかよくわからない。わたしは中ほどの一人掛けの席に腰をおろした。前後を車が走っているが、渋滞はしていない。これなら天神までバスでいっても大丈夫だろう。ようやく気持ちが決まったので、福間駅に着いてもバスを降りなかった。

ところが、そのあとが問題だった。福間駅を過ぎたあたりから、バスの動きは鈍くなった。信号待ちかと思いきや、前に車がずらりと並んでいる。わたしは青ざめた。これは大変まずいのではないか。福間駅に引き返し、電車でいったほうがいい。いや、時間はたっぷりあるから焦らなくても大丈夫だ。ほう、大丈夫という保証はどこにあるのかね。遅れたらどうしてくれるのだ。一人でやり取りしていても埒《らち》があかないので、立ち上がって運転席にいった。

「すみません。天神までどれぐらいでいけそうですか」

風邪気味なのか、白いマスクをかけた運転手さんは「一時間十分ぐらいですかね」とこともなげに答える。

「道が混んでるようですけど、それぐらいでいきますか」

「ここを抜けたら大丈夫だと思いますよ」

信じていいのだろうか。

信号が二、三回変わって国道に出ると道路はすいていた。やれやれと胸をなでおろした。川があった。西郷川《さいごうがわ》だ。枯れたススキが生い茂り、河原を茶色く染めている。福岡まで24キロという表示が出ている。順調に走ればたいした距離ではない。

義弟の運転する車でこのあたりは時々通る。でもバスと普通の車では視線の高さが違うから、見慣れた景色が新鮮に映る。車だと見過ごすバス停の名前が、一つずつアナウンスされるのもいい。「花見が丘三丁目」「東花見」「花見」。お花見に関係したバス停の名前が続く。窓の外の住居表示を見ると、花見が丘とか、花見の里とか。この辺は桜の名所なのだろうか。花見という字を見るだけでぱっと気分が晴れやかになる。

その一方で、食べ物関係の店も目につく。リンガーハット、うどんのウエスト、長浜《ながはま》ラーメン、とんこつラーメン。「ちゃんとごはんばたべやんしゃい」という大きなイラストが描かれた食堂もある。ほかの町より食べ物屋が多いように思うけれど、気のせいだろうか。うどん、うどん、ラーメン、ちゃんぽん。博多はラーメンが有名だけど、実はうどんも安くておいしい。お昼はMさんとイタリアンを食べる予定だ。ここで降りて一人でうどん屋に入るわけにはいかない。

途中でお客さんが乗っては降り、乗っては降りを繰り返し、今は半分ほどの座席がうまっている。みんなのんびりと携帯をいじったり隣の人と喋《しゃべ》ったりしている。わたしがこの中で一番せっかちなのかもしれない。

降車チャイムが鳴って親子連れが降りていった。黒く大きなお餅を店頭に積み上げた店がある。お正月とはいえ、黒いお餅は奇妙だなと思ってよく見たら、自動車のタイヤを売る店だった。

遠賀《おんが》信用金庫。西日本シティ銀行。福岡銀行。地元の金融機関も時々ある。謹賀新年。迎春。あけましておめでとうございます。食べ物屋にも金融機関にも、お正月らしい色鮮やかな貼り紙がされている。

「古賀《こが》」のあたりで乗ってきた三つ子のおばあさんがにぎやかに降りていった。ほんとは他人かもしれないが、よく似た帽子をかぶり、よく似たダウンのコートを着て、雰囲気も体型も三つ子のようによく似ていた。三人とも降りるときまず運転手さんにバスカードの写真を見せ、それから機械にタッチした。いいなあ、グランドパス。わたしも六十五歳になったとき福岡に住んでいたら利用したい。そして毎日バスで出掛けたい。

左手を銀色の電車が通り過ぎていった。博多方面に向かう鹿児島本線だ。このあたりは線路と国道がほぼ並んで走っている。福間駅でJRに乗り換えていたら、わたしもここを電車で通過した。バスからは見えないけれど、右手方向には玄界灘《げんかいなだ》が広がっている。この道は海に近いのだ。バスはいつのまにか福岡市に入っている。「和白《わじろ》丘《がおか》」「和白《わじろ》」「白浜《しらはま》」というバス停を順に過ぎる。白浜の次のバス停は「大名」で、「おおな」とふりがなが振ってある。へえ、「だいみょう」かと思った。「産業大学前」の次は「女子大前」。産業大学は九州産業大学で、女子大は福岡県立女子大学だ。このあたりには大学がいくつもある。

「これより先、都市高速に入ります」というアナウンスが流れた。そう、この26Aのバスは、途中で高速を走るのだ。そんな路線バス、ほかにあるでしょうか。さすが福岡と少々得意になる。バスは何かに引っ張られるように傾斜した道を進んでいく。飛行機が離陸するときのようなわくわく感。やがて道は平らになる。高い壁にはさまれているけれど、高層マンションや高層ビルは壁越しに見える。普通車には見えない壁の向こうの景色も、バスだと見える。

道はすいているし、眺めはいいいし、最高の気分だ。といいたいところだが、後ろから車がきては次々にバスを追い越していく。タクシーはもちろんのこと、軽にもワゴンにもあっさり抜かれる。マスクをした運転手さんは平気な顔をしているが、わたしは少々面白くない。高速だからもっとスピードを出せばいいのに。これでは低速道路である。運転手さんはマスクをしているときは安全運転で、はずすとスピード狂に変わるのだろうか。ちょっとマスクをはぎ取ってみようかしらん。

右手の海沿いには大きな倉庫が並んでいる。物流センター、日本通運、ベスト電器、三井倉庫。西部瓦斯《ガス》の丸いガスタンクもある。船も見える。停泊した貨物船や海上保安庁の巡視船。そして赤いポートタワーも。

ずっと高速を走り続けてほしいのに、バスはあっさりと地上に下りる。そこはもう街の中心部に近く、隙間なくビルが並んでいる。小さな川を渡ると中洲《なかす》がある。夜、屋台が並ぶことで有名なところだ。続いてもう一つ川があり、それを渡ると天神だ。「天神四丁目」「天神郵便局前」を順に過ぎ、終点の「天神三丁目」に着いた。福間からの運賃は七百六十円。時計を見ると十二時四十分だから、所要時間は一時間と少し。運転手さんがいった通りだった。さすがだな。

バスを降りると目の前に野村証券がある。中を覗くと、建物の反対側にも出入り口がある。母はこの中を通り抜けろといったのだな。通ろうにもお正月休みでドアが閉まっているではないか。いくら母の言葉でもドアを壊して通り抜ける度胸はわたしにはない。建物の外をぐるっと回ると、西鉄グランドホテルが見えた。Mさんに会うのは、二年前のお正月にこの近くでばったり会って以来だ。買い物を終えたわたしが中央郵便局前のバス停に向かって歩いていると、Mさんが前からやってきた。あのときはお互い驚いて、近くの喫茶店に入っておしゃべりをした。きょうバスできたのはやはりよかった。バスに二年前のお礼ができた。あのとき地下鉄の駅に向かっていたらMさんに会わなかった。バスが会わせてくれたのだ。

グランドホテルのロビーに着いた。ゆったりした椅子に人待ち顔の男女が幾人か座っている。そこにMさんの姿はない。約束の時間まであと十五分。早く会いたいような、会うのが怖いような。人に会う前はいつもどきどきする。これからの十五分は、バスを待つときとは全然違う気分で過ごすことになる。

島部分

中野駅から吉祥寺に向かう関東バスはＪＲの高架下から出ている。雨にぬれずにすむけれど、薄暗くて圧迫感のある場所だ。そこでバスを待つ人の列を何度となく見てきたが、ふと気づくと、いつからか、そういう列を見なくなっている。バスが出た直後にばかりわたしが通りかかるのだろうか。中野から吉祥寺までバスでいく人はいなくなったのか。ちょっとおかしいと思いながら高架下をうろうろすると、新宿いきのバス停はあるものの、吉祥寺いきのバス停は消えていて、吉祥寺や五日市街道営業所いきのバス乗り場は「島部分」に移動しましたという看板が立っている。島？　島部分？　島があるからには海が必要だけど、このあたりに海があっただろうか。首を傾げながら地図に描かれた「島部分」にいくと、南口のロータリーの真ん中に吉祥寺いきのバスがこちらを向いて停まっていた。

南口のロータリーは広い。信号が途中で赤になったときのために、周囲から一段高くなった歩行者用の安全地帯が途中にある。そこは喫煙スペースにもなっていて、スタンド型の灰皿のまわりで紫煙《しえん》をくゆらす人の姿がいつもある。ところが今見ると灰皿はなくなり、かわりに透明なボードが壁のように立っている。壁には雨をよけるための小さな屋根が付いている。バス停って、造ろうと思えば簡単にできるんだな。この一段高い場所を「島部分」と呼ぶのか。わたしは「島部分」から吸い込まれるようにバスに乗り込んだ。高架下のバス停では、吉祥寺いきのバスは頭を南に向けていた。ところが今は北を向いている。バス停の場所を変えるとき、進路も一緒に変えたのだろうか。

日曜の午後だった。三時少し前だった。一番前の席はおじさんに占領されていたので、少し後ろの一人掛けの席に座った。座席が七割ほどふさがったところで、運転手さんはバスを発車させた。このまま北にいくことを期待したが、バスは湾内を一周するようにロータリーをぐるっと回り、前と同じように中野通りを南に向かった。何だ、そうなのか。

ほどなく中野五叉路《なかのごさろ》が見えてきた。大小五本の道がヒトデの足みたいに交差する場所だ。中野通りと交わる大久保通りを、運転手さんは右折した。このままこの道を走って環七までいくのかと思ったら、途中のガソリンスタンドで左折した。ということは、青梅街道に出るんだな。昔、このあたりにエスニックのレストランがあった。ユニークなお店だったのに、何年か前にチェーンの牛丼屋になってしまった。バスはまさにその店の前を通って青梅街道に出た。そして地下鉄の東高円寺駅前で数人の客を乗せる。左手には蚕糸の森公園の煉瓦《れんが》造りの正門が見える。「蚕糸の森」は「さんしのもり」と読む。農林水産省の蚕糸試験場が昔ここにあったらしいが、そういわれてもピンとこない。この公園は緑が多く広々としている。たまにドラマか何かの撮影をしている。楽器の練習をする人や子どもを遊ばせる若いお母さんたちもいる。

その先の環七を横切ると杉並車庫がある。たくさんのバスを収容する場所だからそこそこ広いが、蚕糸の森公園ほどではない。ここは都バスの車庫だから、停まっているのは緑色のバスだけだ。わたしが乗っている赤い関東バスはこの中には入れない。

杉並車庫を過ぎると、青梅街道は「五日市街道入口」という交差点とぶつかる。街道という言葉に心惹かれるけれど、バスは交差点をあっさり渡る。その先の「新高円寺駅」のバス停でとまったあと、大きなオフィスビルの先の細い道にからだをねじ込む。歩行者や自転車にぶつかりそうで冷や冷やする。わざわざこんなところを通らなくてもと思ううちにやや広い道に出た。五日市街道だ。さっき渡った「五日市街道入口」を左折し道なりに進んでも結局ここで合流する。実は、交差点からこの合流地点までは新しくできた道で、今バスが無理やり通ってきた細い道こそ、本来の五日市街道らしい。

合流地点の「大法寺前《だいほうじまえ》」を過ぎると、次は「松の木」だ。この名前には覚えがある。まだ関西に住んでいた二十数年前、上京して知り合いの家に遊びにいった。その人が住んでいたのが松の木だった。東京のバスに乗ったのはそのときが初めてだったから、どこまで連れていかれるのだろうと不安だった。「松の木」のバス停で降りると、知り合いの笑顔があったのでほっとした。わたしはあのときどこからバスに乗ったのだろう。もしかすると中野駅の高架下からだったのだろうか。昔のことだからもう忘れてしまった。その知り合いもとうに松の木から引っ越した。次の「成田東《なりたひがし》」でおやっと思う。成田東だか西だかに、谷川俊太郎《たにかわしゅんたろう》さんが住んでいるはずだ。ここから近いJRの阿佐ケ谷駅で谷川さんを見かけた知人が何人もいる。谷川さん、いないかな。窓の外をきょろきょろするがそれらしい人の姿はない。

右に左にゆるやかなカーブが続く。バスのほどよいゆれ具合が心地いい。道の両側に時々お店が現れるが、ほとんどシャッターを下ろしている。日曜だからお休みなのだろうか。閉店したのでなければいいけど。

五日市街道は、はるか昔、五日市の周辺から木材や炭を江戸に運ぶために造られた道路だ。青梅街道や甲州街道は幅の広い道路になり、交通量も激しいが、五日市街道は比較的道幅もせまく、どことなくのどかな顔をしている。「和田堀《わだぼり》公園入口」を過ぎる。ここは桜の名所として知られる公園だ。面積は蚕糸の森公園の何倍もある。緑が豊かで、バードウォッチングのできる池もあるし、野球場もある。なのに、代々木《よよぎ》公園なんかに比べると知名度で負けている。アクセスがよくないからだろうか。「入口」といいつつ公園まで遠いしなあ。

「善福寺川緑地公園前」のバス停にきた。すぐ先に善福寺川があり、川沿いを走る人、体操する人、ぶらぶら歩く人の姿がある。大人もいれば、子どももいる。みんな何だかのびのびしている。バスを降りて川沿いを歩きたくなる。このあたり、お店が少なく買い物には少し不便そうだが、緑が多くて気持ちがいい。

その先にあるのは「豊多摩《とよたま》高校」のバス停だ。谷川俊太郎さんが通っていたのは確かこの高校だ。成田西だか東だかの家から高校までバスで通っていたのだろうか。それとも自転車で？　谷川さんの家や出身高校があるこの道は俊太郎街道と呼びたい感じだな。

続いてのバス停は「五日市街道営業所」だ。ここは関東バスの営業所だ。道の右にも左にもゆったりした敷地が広がって、赤い関東バスが待機している。

一番前の席にいた男が立ち上がった。次で降りるのかなと期待する。降りたらあそこに移動しようと構えていたが、その人はズボンのポケットに手を入れて何やら取り出すとまた腰をおろした。おじさん、紛らわしいことしないでくださいね。

和服を召した高齢の女性が乗ってきた。「お客さん、お金お金」運転手さんが声をかけたけれど、女性は知らん顔。「お客さん、お客さん、お客さん」続けざまに呼ばれ、ようやく気がついて振り返る。「わたし？」「お金がまだですよ」「え。あら、ごめんなさい」女性はあわてた様子も見せずバッグからカードを取り出して運転手に見せる。七十歳以上の都民が利用できるシルバーパスだろう。女性が優先席に腰掛けるのを待って運転手さんはバスを発車させた。

日曜なのにバスの乗客はそれほど多くない。空席もちらほらあって、のんびりした雰囲気だ。道の左右には低めの建物が並んでいる。

環八の手前の「柳窪《やなぎくぼ》」というバス停で高齢の人たちが何人か降りた。荻窪駅の南口から出ている「北野」いきや「芦花公園」いきのバスも「柳窪」で停まる。この名前を見るたびに、窪地に柳の木が一本立ち、その下に幽霊のいる情景が浮かぶ。柳窪が付くバス停や公園はあるけれど、そういう町名は聞いたことがない。

環八を越えて、バスはなおも五日市街道を走る。引き続き片側一車線だけれど、カーブはいつのまにかなくなって真っすぐな道になっている。交通量は結構多い。初心者マークをつけた白い車が前方からやってきた。初心者マーク、久しぶりで見たな。

「高井戸《たかいど》警察署」で三歳ぐらいの女の子と、ベビーカーで赤ん坊を連れた若いお父さんが乗ってきた。日曜だから仕事はお休みなのだろうか。この付近に実家があって、親に孫の顔を見せにきたのだろうか。あるいは終点の吉祥寺までバスに乗り、井の頭公園にいくのかもしれない。子どもが悪いことをして高井戸警察につかまったので引き取ってきましたということはないだろうな。

「春日《かすが》神社」というバス停をはさみ、「宮前《みやまえ》一丁目」「宮前四丁目」「宮前五丁目」と「宮前」の付くバス停が続く。左右の電柱には「こけし屋」の名前が宣伝されている。

こけし屋は西荻窪の駅前にある洋菓子とフランス料理の店だ。ということは、このあたりを右手に進むと西荻窪だな。「松庵稲荷《しょうあんいなり》」と「松庵」のバス停を過ぎた。西荻窪駅の南西に広がるのが松庵だ。関西から東京に出てきたわたしが最初に住んだのは西荻窪だった。松庵という町名を見て、何だか古くさい名前だなと思ったことを覚えている。松庵は江戸時代にこの付近にいた医師荻野松庵にちなんだ町名らしい。

前方の空を高架が斜めに走っている。JR中央線の高架だ。その手前に「武蔵野《むさしの》市」の標識が立っている。杉並区から武蔵野市に入ると何となく空気が変わった。道の両側にお店が増え、交通量も増え、バスの走りは緩慢になった。日曜は車で吉祥寺にくる人が多いのだろうか。吉祥寺駅に近づくにつれて店はどんどん増えていき、道路はますます渋滞する。かわいらしい雑貨店やカフェやラーメン屋。こぢんまりしたお店が多い。水門通り。弁天通り。クックロード。五日市街道と交差する細い道に名前が表示されている。へえ、それぞれの道に名前があるなんて知らなかった。こういう表示が読み取れるのはのろのろ運転のおかげだな。

バスはようやく吉祥寺大通りにきた。ここを左折すると正面は吉祥寺駅で、道幅は一気に広がる。ヨドバシカメラのあるところには以前デパートがあった。最初は近鉄デパートで、そのあと三越になった。そんなことを覚えている人も少なくなっただろう。

駅前にきた。バスはロータリーをぐるっと回って停車した。中野駅を出たときもぐるっと回ったが、降りるときも同じだった。でもバスが着いた場所は島部分ではなく陸だった。

大勢の人が長い列を作ってバスを待っていた。わたしたちが降りるとすぐに、前の扉から慌ただしくバスに乗り込む。このバスに乗ると中野駅に帰れるのだな。もうちょっとバスに乗ってもいいかな。今度は谷川さんが見つかるかもしれないし。わたしは今や中野駅いきになったバスに乗るため、列の一番後ろに並んだ。

うまくいかない

新宿から博多いきのバスが出ている。新宿を夜九時に出発し、博多には翌朝の十一時二十分に着く。所要時間は十四時間あまり。たっぷりバスに乗れる。たっぷり過ぎるといってもいいぐらいだ。十四時間以上もバスに乗ると、からだがおかしくなるのではないか。二十代のころ京都からバスで東京にいったことが何度かあるけれど、七時間でも楽ではなかった。

東京から博多まではそれの倍以上だ。おまけにこちらの年齢も二十代の倍以上。博多までバスなんて無謀《むぼう》過ぎる。七時間ならきついけど十四時間以上なら絶好調、そんなことはないだろう。博多に着いたあと三日ぐらいは使い物になるまい。そんなふうに思って敬遠していたが、ゆったりタイプのバスがあることを知った。どんなふうにゆったりかというと、従来のバスは二人掛けの四列シートなのに、一人掛けの三列シートで座席、通路、座席、通路、座席になっている。もちろん座席の面積も広く、座り心地はよさそうだ。これなら十四時間乗ろうと百四十時間乗ろうと平気かもしれない。運賃は四列シートのバスより高いけど、新幹線よりは安い。よし、年末に福岡の実家に帰るときは三列シートのバスにしよう。

三列シートの高速バスを走らせている会社はいくつかあった。比べた結果、西鉄のはかた号にしようと決めた。はかた号は二階建てのバスだ。ビジネスシートと呼ばれる二階席の三列シートは眺めがよさそうだ。二階席のうち前の二列四席はプレミアムシートで、ビジネスシートよりさらに座席の幅が広い。テレビもあればパソコン用のコンセントやオットマン（足置き場）もついている。飛行機でいえばファーストクラスだ。もちろん運賃はビジネスシートより高い。乗りたい。乗ってみたい。けどあまり贅沢をすると罰が当たるかもしれない。プレミアムシートは八十歳を過ぎてから乗ることにして、今回はビジネスシートにしておこう。

新宿に出たついでに、駅の西口にある高速バスのターミナルに立ち寄った。富士五湖、松本、長野、名古屋、いろいろなところに向かう高速バスがここから出ている。はかた号もこのターミナルから出発する。

「はかた号の予約をしたいんですけど」

カウンターの男の人にいった。

「ご乗車になるのは何日ですか」

「十二月二十九日です」

「あ、それならまだですね。切符の発売はご乗車になる日の一カ月前になります」

あと数日で「一カ月前」だった。

「電話で予約できますか」

「電話でもインターネットでも受け付けております。電話は朝九時からになります」

カウンターの人はパンフレットをくれた。予約先がそこに記載されていた。

「混み合う時期ですのでお早めにご予約ください」

十一月二十九日の朝、九時になるのを待って予約センターに電話した。予想した通りお話し中だ。五秒おきに番号を押してみたけれど、ずっとお話し中。ああ、はかた号がどんどん予約でうまっていく。わたしの席は残っているだろうか。はかた号が百台ほどあれば大丈夫だろうけど。神様、一つでいいのでわたしの席を残しといてください。焦るような思いでボタンを押すけれど、お話し中は延々と続く。疲れ果てて電話の前を離れ、洗濯機を回した。

洗濯物を干し終えてからまた電話に向かう。ようやく通じたけれど、予想した通り遅かった。ビジネスシートはとうに売り切れていた。

「どれぐらいで売り切れるんですか」

「年末だと十五分ぐらいですね」

そんなに早いのか。やっぱりネットで予約すればよかった。サイトを検索したけれど、何だかごちゃごちゃしていて予約の仕方がわからずあきらめたのだ。くじけず、ほかのバス会社に電話してみた。四列シートは残っていたが、三列シートは満席だった。この先、キャンセルが出ることはないだろう。残念だけどバスで帰ることは次の機会にしよう。

気持ちはすんなり切り替わったものの、バスに乗りたい欲望は残った。この欲望をどうしてくれよう。新聞を見るとバスツアーの広告が出ていた。温泉、水仙《すいせん》、いちご狩り、桜まつり、いろんな種類のバスツアーがある。これだと思った。これならたっぷりとバスに乗れる。わたしはよだれをたらしながら広告を見比べて、ほったらかし温泉にいくツアーを選んだ。

ほったらかし温泉。いい響きだ。客が何をしようとほったらかしといてくれるのだろうか。ほったらかし温泉は山梨にある露天風呂だった。晴れた日には温泉から富士山が見えるという。裸で富士山を見るのは富士山に失礼かな。富士山もたまには温泉に入りたいだろうな。ほったらかし温泉への夢をふくらませながら、ホームページから参加を申し込んだ。十二月七日の日帰りツアーだ。はかた号と違って空席があった。

「承りました」という返事がきた。

ツアーは八日後だった。タオルは自分で用意しなくてはならなかった。バスタオルはかさばるから小さいタオルを二、三枚持っていこう。あったかいコートでいかなくちゃ。温泉に入るのだから脱いだり着たりが簡単な服のほうがいいな。帰りにワイン工場に寄るそうだから、ワインの試飲ができるかもしれない。わくわくしながらその日を待った。

数日後、外出から帰ると留守番電話のランプが点滅していた。再生すると「このたび申し込んでいただいたツアーは、お申し込みが定員に達しませんでしたので中止とさせていただきました」というメッセージが聞こえてきた。そ、そんな。そんなそんなそんなそんな。わたしはがっかりして言葉をなくした。

　翌日も、その翌日も、家に帰ると旅行社からの伝言が残されていた。パソコンにもお詫《わ》びのメールが届いていた。さらにその翌日、家にいると、旅行社の人から電話があった。何て丁寧な会社だろう。お客をほったらかしにすることはないらしい。ほったらかし温泉にいくバスツアーはまたあらためて企画するという。いつか必ずこの温泉にいって露天風呂に入りながら富士山を眺めてこよう。

ピアニシモの旅

地下鉄のホームで電車を待っていると、ヒールの音を響かせて若い女性が目の前を通り過ぎていった。歩き方のきれいな人だった。雑誌を小脇に抱えていた。「美バス」という文字が目に入った。え。「美バス」？　美しいバスのことを最近はそう呼ぶのだろうか。どこがどう美しいのだろう。雑誌を引ったくって中身を確認したかったが我慢した。

帰宅したあと美バスを調べた。想像したのとは全然違い、美人バスガイドのことだった。ふん、つまらない。ガイドさんが美人かどうか、わたしは特に興味がない。人柄がよくて話が上手でいろんなことを知っていたらそれでいい。雑誌を抱えていた人は、美人バスガイドをめざしているのだろうか。雑誌にばかり目がいって、美人だったかどうか覚えてない。美バスをめざすからには、容姿に自信があるんだろうな。

美しいバスガイドよりも美しいバスのほうがいい。美しいバスはこの世にないかと調べてみると、ピアニシモとフォルテシモが見つかった。どちらもはとバス所有のバスだ。はとバスというと上京した母親と一緒に皇居を見物したり、浅草のおいらんショーを見たりというイメージしかなかったが、それはもう過去のものらしい。時代とともにはとバスも変化して、今やピアニシモにフォルテシモなのだ。

どちらのバスも、通路をはさんで二人掛けの席と一人掛けの席に分かれている。ゆったりとした座り心地のよさそうなシートだ。座席数はピアニシモが二十三席、フォルテシモは二十七席。ピアニシモは後部に化粧室があるので、その分、フォルテシモより座席数が少ない。

車内の写真を見ているうちにうずうずしてきた。乗らないわけにはいかないと思った。どちらのバスにも日帰りツアーと宿泊ツアーがあった。伊豆や箱根の温泉、千葉のいちご狩り、信州桜めぐりなどさまざまなコースがある。バスに乗るのが目的とはいえ、やはり行き先は選びたい。できるだけ早くて、いくことが決定してるツアーがいい。ほったらかし温泉のときみたいに参加者が少なくて中止になるとがっかりだし、桜が咲いたりいちごが育ったりするまで待ってられない。あれこれ見比べた結果、八日後に催行が決定している上諏訪《かみすわ》温泉いきの日帰りツアーを選んだ。ホームページから予約するとすんなり受け付けてくれた。

申し込んだあとで気がついた。温泉のことしか頭になかったが、バスが向かうのは真冬の諏訪湖だ。温泉はあたたかくても湖は寒いに違いない。せっかくきたからみんなでボートに乗りましょうなんていう人がいたらどうしよう。断り切れずに乗ったボートが転覆したら目も当てられない。どうかそんなことをいう人がいませんように。

ツアー当日、コーデュロイのパンツと厚手のセーターの上に足首まであるオーバーを着た。もちろん手袋もしたし、ブーツもはいた。これで諏訪湖もへっちゃらだ。地下鉄で新宿にいき、JRの東口に向かった。はとバス営業所の前に七時五十分に集合することになっていた。五分前にいくと年配のカップルが二組と、年配の男性二人がすでにいた。その後中年のカップルと年配のカップルが計三組と、年配の男性が二人やってきた。平均年齢高いよなあと自分のことを棚に上げて思った。平日に温泉にいくツアーだし、ほかのバスツアーより値段が高いから当然なのかもしれない。

「おはようございます」

バスガイドの制服の上に防寒用のブルゾンを着た女性が現れた。黄色い旗を手にしている。きょうのツアーのガイドさんらしい。簡単な説明を受けたあと、ガイドさんに連れられて建物の外に出る。少し離れたところに黄色いバスが大きなお尻をこちらに向けている。これがピアニシモか。ぴかぴかの車体に、流れるような書体で*Pianissimo II*と書いてある。外見は特別豪華な感じはしない。ピアニシモ（きわめて弱く）という名前の割にはたくましい。ドアの前にいる若い男性スタッフにチケットを見せてバスに乗る。わくわくする。運転席の横にあるステップを上がる。ますますわくわくする。

通路をはさんで右側が二人掛け、左側が一人掛けの席。わたしの席は一人掛けの前から三番目。腰をおろす。おお、いい感じ。硬過ぎず、柔らか過ぎず、座り心地はちょうどいい。前の座席との距離もたっぷりある。通路をはさんだ隣の席には穏やかな雰囲気の年配の夫婦が座っている。妻が窓側、夫が通路側。いや実際に夫婦かどうかわからないけど、話がややこしくなるから夫婦ということにしておこう。

参加者の人数を確認すると、スタッフの若い男の人はバスを降りた。この人は同行しないのか。ちょっと残念。中高年の夫婦五組と中高年の男性四人、そしてわたしの計十五人がこのツアーの参加者だ。一人で参加する男の人が意外にいるので驚いた。

旅の目的は何だろう。温泉だろうか。ピアニシモだろうか。ピンクとグレーのブランケットを持ってガイドさんは通路を歩く。車内はほどよくあたたかいけれど、念のために一枚もらう。

八時十二分、定刻を二分過ぎてバスは走り出した。新宿の大ガードをくぐり、西新宿の高層ビルのあいだを進む。仕事に向かう人たちが地上を足早に歩いている。みんな寒そうだし、眠そうだ。わたしたちだけ遊びにいくのが申し訳ないような、快感のような。

「あらためまして皆様おはようございます」

バスガイドさんは自分や運転手の紹介をしたあと、ピアニシモやきょうのスケジュールについて説明を始める。従来の観光バスの座席数は四十五席。二十三席のピアニシモの座席の幅は、新幹線のグリーン車以上とのこと。確かにゆったりしているし、座り心地は申し分がない。これなら何時間乗っても疲れずにすみそうだ。もちろんリクライニングシートだし、車内用の使い捨てのスリッパもある。甲府盆地から諏訪盆地にいき、諏訪大社にお参りしたあと湖畔のホテルで昼食と温泉を楽しむのがきょうのスケジュールだ。空はよく晴れて雲一つない。絶好のバスツアー日和だ。

「ガイドさん、こないだ沖縄におられたでしょう。お見かけしたけどあいさつしそびれちゃって」

　最前列の一人掛けの男性が、ガイドさんに話しかける。

「ええ、いました。オオタさんもいらしたんですか」

　ガイドさんに名前を覚えられているなんて、オオタさんははとバスツアーの常連だろうか。それともガイドさんは素早く参加者名簿をチェックしたのか。ガイドさん、沖縄にはプライベートでいったのかな。もしかするとはとバスとはフリー契約で、沖縄には他社の仕事でいったのかもしれないな。沖縄まではさすがにバスではいけまい。とても感じがいいガイドさん。「貴賓席《きひんせき》の旅」だけあって、優秀なガイドさんが乗車しているのかもしれない。

　バスは高井戸で中央自動車道に入った。味の素スタジアムの建物が見えてくる頃、後ろの席からいびきが聞こえてきた。出発してまだ二十分なのに早過ぎる。府中《ふちゅう》の競馬場が右手に見えてきた。左手はビール工場だ。ユーミンの「中央フリーウェイ」をいやでも思い出す。川を渡る。鉄塔が並ぶ。モノレールの線路の下をくぐる。多摩モノレールだ。空中に銀色の駅舎が幻のように浮かんでいる。

しばらくいくと人工的なものは周囲から消え、冬枯れた景色になった。殺風景な道の両脇に土が盛られている。道路が川だとすれば、盛られた土は川岸の土手のようだ。数日前に降った雪が、左側の土手にたくさん残っている。右側の土手の雪は少ない。落ちる場所がほんの少し違うだけで、雪の運命が分かれる。

ガイドさんはサービスの飲み物を配り始める。わたしはコーヒー。隣の夫婦はコーンポタージュ。ほかに紅茶や緑茶もある。ガイドさんの話では、ほかのはとバスツアーより飲み物の種類が多いらしい。群馬ナンバーの車がバスを追い越していった。続いて山梨ナンバー。何となく旅情を感じる。正面には雪をかぶった富士山が見える。豪華なバスに乗って富士山を見ながらコーヒーを飲むなんてゴージャスだ。

網棚のカバンを下ろして、レモンキャンディーの袋を取り出した。ふだんキャンディーは食べないけれど、旅の気分を味わうためにきのうチョコレートと一緒に買ったのだ。レモンの写真がプリントされた黄色い袋を開けるとキャンディーではなく、レモンの輪切りが詰まっている。これはどうしたことだ。キャンディーの中に輪切りが一つまじっているならまだしも、袋全部がレモンの輪切りだ。不良品にもほどがある。ぷりぷりしながら輪切りをかじると、甘酸っぱくて意外においしい。あらためて袋を見ると「独自製法で果肉も皮もそのままおいしく」とあり、「キャンディー」の文字はどこにもない。キャンディーと思ったのはわたしの勘違いだったのか。狐ではなく、はとバスに化かされたような気分。

長いトンネルを抜けると神奈川県だった。月曜の朝の道路はすいていて、バスは調子よく走る。道の両側に残った雪の量は少しずつ増えていく。白っぽいバスが後ろからやってきてピアニシモに並んだ。観光バスではなく、高速バスのようだ。背広姿の中年の男が、窓ぎわの席で新聞を広げている。出張のサラリーマンだろうか。バスで出張なんて羨ましいな。意外なことに、そのバスはピアニシモをあっさり追い抜いていった。豪華なバスだからって速いとは限らないらしい。それとも豪華なバスだから、運転手さんは安全運転なのだろうか。ぶつけたら修理代が大変だものな。

トンネルの数が増えていく。長いトンネルもあれば、あっというまに通り抜けるトンネルもある。すべてのトンネルに名前が付いていることに感心する。山にも鳥にもトンネルにも、人は名前を付けずにいられない。

ふと見ると左手に線路がのびていて、白とブルーの電車が東京方面に向かって走っている。中央本線だ。そういえば七、八年前、中学のときの友人たちとこのあたりを通ったっけ。小淵沢《こぶちさわ》まで電車でいき、そこから車で山あいの宿にいって一泊した。あのとき以来会っていない友人もいるけれど、元気かな。

フロリダはどうだったとかハワイはこうだったとか、隣の夫婦の朗らかな声が聞こえる。二人とも旅が好きらしい。きっと仲がいいんだろうな。

笹子《ささご》トンネルに入る。長い。すごく長い。いくら走っても終わらない。事故が起きたらどっちに逃げればいいだろう。トンネルを抜けると川があり、吊り橋が架かっている。川を見るとほっとする。特にトンネルを通り抜けたあとは。川だけでなく、光も空気も十分あることに安堵《あんど》する。

「甲府盆地に入って参りました」とガイドさん。視界が開け、平野が広がっている。四、五階建てのアパートの壁に、大きな桃の絵が描かれている。このあたりは桃の産地だ。桃の低木がほうぼうに見える。春になると、数万本の食用の桃の木がピンクの花をつけますとガイドさんがいう。さぞかし美しい景色だろうな。

山々はどんどん大きく、雄々《おお》しくなっていく。左に見えるのは南アルプスの、何とかかんとかという山で、右に見えるのは何とかかんとかでとガイドさんが説明する。山にはあまり興味がないので、聞いても記憶に残らない。大きいなあとか、雪が積もっているなあと感心しておしまいである。でも日本を代表する山々がはるか前方に集まっているらしいことはわかった。

実をいえば、日本アルプスという呼び名にはちょっとばかし抵抗がある。明治時代に来日したイギリス人が信州あたりの山々を見てヨーロッパのアルプス山脈に似ているというので日本アルプスと呼んだ。日本人はそれをありがたがって、日本アルプスという呼び名を使うようになった。パリにいった日本人が、隅田川《すみだがわ》に似ているからとセーヌ川をフランス隅田川と名付けても、フランス人は絶対にそんな名前でセーヌ川を呼ばないだろうに。

双葉《ふたば》サービスエリアに着いた。九時四十分。新宿を出発して一時間半でここまできた。バスを降りると後方に富士山が見えた。逆光だから墨色のシルエットになっている。バスはほかに四台停まっている。さっきピアニシモを追い越していった高速バスもいた。

売店を覗いたり、景色を眺めたりしてバスに戻ると、車内にコーヒーのにおいが漂っていた。もう一度飲み物のサービスがあるのかと期待したが、売店で買った人がいたのだった。休憩時間は二十分。十時までにバスに戻るようガイドさんにいわれていたが、五分前には全員そろった。皆さん時間は守るし、静かだし、お行儀がいい。お酒を飲んで暴れたり、大声で喋ったり、いちゃいちゃしたりする人はいない。

左に鳳凰山《ほうおうざん》、甲斐駒ヶ岳《かいこまがたけ》が見えるとガイドさんがいう。窓の外にはいくつも山が連なっていてどれがどれやらわからない。ガイドさんはよく勉強していると見えて、いろんなことを知っている。喋るのが面倒くさくなって、途中でマイクを捨てたくなったりしないだろうか。根気のある人でないとバスガイドはつとまらないな。

サッカーの中田英寿《なかたひでとし》の出身高校があるという韮崎《にらさき》市を過ぎ、日照時間が日本一長い北杜《ほくと》市へ。空に少し雲がかかる。飛行機が真上を飛んでいく。サントリーの白州《はくしゅう》蒸留所。富士見パノラマスキー場。日本にはいろんなものがあるんだなあ。山に登ったり、スキーをしたり、サッカーをしたり、人はそれぞれ楽しみを見つけるなあ。わたしはからだを動かすよりもバスにゆられているほうがいい。

長野県は平均標高が日本で一番高いとガイドさんはいう。反対に一番低いのは千葉県とのこと。長野の面積は全国で四番目に広く、東京、神奈川、千葉、埼玉を足したぐらいの面積だそうだ。バスツアーに参加するといろんなことを教わるな。小学校でも教わった気がするけど、きれいさっぱり忘れている。

「けさのニュースによりますと、最低気温が氷点下十一度の日が二日続いて諏訪湖は全面結氷しているそうです。今年は御神渡《おみわた》りが見られるのではないかといわれているそうですよ」

御神渡り。テレビで見たことがある。氷った湖に亀裂が走る様子が不思議でもあり、面白くもあった。御神渡りの時期や、湖のどこに御神渡りが見られるかでその年が豊作か凶作か占うという。つまり湖占いだな。しょせん占いだからあまり当てにならないと思うけど、神事だからそういうことをいっちゃいけないんだろうな。

諏訪湖サービスエリアに到着。眼下に諏訪湖が広がって眺めがいいうえ、温泉施設もある。ホテルまでいかなくても、ここでお風呂に入ればいいような気もする。

岡谷《おかや》インターで一般道に下りる。早く諏訪湖のそばにいきたくてうずうずするが、その前に諏訪大社の参拝がある。諏訪大社は日本最古の神社の一つだ。上社《かみしゃ》と下社《しもしゃ》があり、上社には本宮《ほんみや》と前宮《まえみや》が、下社には春宮《はるみや》と秋宮《あきみや》がある。ややこしい。わたしたちがお参りするのは下社の秋宮だ。鳥居の前の小さな駐車場にバスは停まった。外に出るとさすがに空気が冷たくて即座にバスに引き返したくなる。鳥居をくぐると大きな杉の木。樹齢八百年だという。広い境内を歩きながら立派な注連縄《しめなわ》や狛犬《こまいぬ》を眺めたり、御柱祭《おんばしらさい》の樅《もみ》の木を見上げたり。小一時間後に駐車場に戻ると、ピアニシモの隣に黄色いバスが停まっている。二人掛け、四列シートのはとバスだ。後ろから眺めるとピアニシモのほうが全体にふっくらしている。黄色いほうの乗り心地はどんなだろう。間違えたふりをして乗ってみようか。

このあとはホテルで昼食と入浴だ。諏訪大社からホテルまではすぐだろうと思っていたが、意外に距離がある。湖を右手に見ながら、バスは湖の周囲を走る。湖畔は白い雪に覆われている。諏訪湖は想像以上に大きくて、想像以上に寒そうだ。夏にきたほうがよかった気もする。

落ち着いた雰囲気のホテルの駐車場にバスは停まった。係の人に案内されて皆でぞろぞろと階段を上がり、二階の大広間に向かう。低めのテーブルと椅子が並べられ、テーブルにはすでに料理の皿がある。食べ切れないほどの皿数なのに、係の人はなおも料理を運んでくる。特別珍しいものはなく、天ぷらやお刺身、茶碗蒸しといった定番だ。食事中も皆おとなしい。夫婦は小声でおしゃべりし、夫婦以外は「お茶どうぞ」と大きな急須を回し合う。わたしの向かいに座った男性は無言で料理を平らげると、いち早く席を立った。「まだデザートがありますから」と係の人が声をかけたが、

「いらない、いらない」と姿を消した。温泉に向かったのだろう。わたしはデザートのシャーベットまで食べたあと、広間の入口に用意されたタオルを持って階段を下りた。ホテルのお風呂と、隣接する片倉館《かたくらかん》のお風呂が利用できることになっていた。まずは片倉館に向かう。

片倉館は昭和初期に建てられた洋風建築で国の重要文化財になっている。湯船の深さは一メートル以上あるから、立って入浴する。一度にたくさんの人が入れるので千人風呂と呼ばれているが、実際は百人ぐらいらしい。下駄箱に靴を入れ、女湯の戸を開けると広めの脱衣場がある。裸の女たちが十人ほどいて、からだを拭いたり、椅子に腰掛けて休んでいたりする。互いに知り合いの地元の人らしく、方言で言葉を交わしている。年配の人。子どもを連れた人。のどかな雰囲気だ。

湯船は小さなプールのような長方形だ。入ると胸のあたりまでお湯がくる。確かに深い。透明なお湯の底には玉砂利が敷き詰められている。湯の中で足踏みをすると足の裏が刺激されて痛いような、気持ちいいような。

八十年以上前に造られた、歴史を感じさせる建物。浴室の窓や天井も西洋風だ。こんなお風呂にぼんやり浸かっていると、今がいつの時代でここがどこの国かわからなくなる。ほどよくあたたまったところでお湯を出て、服を着て片倉館をあとにする。ホテルに戻り、一階の大浴場をめざす。脱衣室には先客が二人いて標準語で話している。同じツアーの人たちだ。頬が上気しているところを見ると湯上がりらしい。会釈だけして服を脱ぎ始める。きょう初めて会った人たちに平気で裸を見せるなんて、温泉って不思議だな。食事をした広間で裸になったらぎょっとされるのに。

浴場は静かだった。太い柱がある湯船にも洗い場にも誰もいなかった。ガラスの向こうの小さな露天風呂に丸い背中が一つあった。わたしは湯船で手足をのばした。立って入るお風呂もいいけど、座るほうがやっぱり落ち着く。琥珀色《こはくいろ》のとろりとしたお湯はかすかに硫黄のにおいがする。片倉館の透明なお湯とは泉質が違うらしい。

露天風呂があいたら入ろうと思うけど、先客はなかなか出ない。のぼせそうになった頃、先客は立ち上がってガラスの内側に戻ってきた。わたしに気づいて笑顔を見せる。同じツアーの人だった。その人がからだを洗い始めたのを機に、露天風呂に移動する。ぬるい。かなりぬるい。屋外にあるから冷めやすいのだろうか。あの人が長い時間入っていたのはお湯がぬるかったからなんだな。

露天風呂の先に細い道が続いていた。この奥には何があるんだろう。ぬるいお湯を出て歩き出す。寒い。かなり寒い。素っ裸で外を歩いているんだから当然だ。はだしの足の裏も冷たい。つま先ではねるようにしてしばらく進むと、四角い檜《ひのき》のお風呂があった。湯船のまわりの床はガラス張りで、夜になると下の明かりがつくらしい。目隠しの塀の向こうには、つららが垂れ下がった屋根がある。つららを見るのは久しぶりだなあ。

のんびりお湯に浸かっていたが、ふと気がつくと手首に巻いたロッカーの鍵がない。靴を脱ぐところに金属製のロッカーがあった。下駄箱だと思ってブーツを入れようとしたが、せまくて全然入らない。よく見たら貴重品用のロッカーだったので、携帯電話や財布を入れて鍵のついたバンドを腕に巻いた。金具の差し込み方が甘かったのだろうか。いつどこでバンドがはずれたか見当がつかない。時間厳守の人たちだから、集合時間に遅れないよう急いで探さないとまずい。檜の湯船には落ちてない。露天風呂に引き返してお湯の中を覗いたけれど見つからない。内湯に戻り、広い浴槽をきょろきょろ探す。黒っぽいお湯だから視界が悪い。お湯の栓を抜いてしまいたくなる。焦りながらせわしなく視線をあちこちに走らせると、さっき自分が座っていたあたりでピンク色のものがゆらゆらしている。あわてて拾い上げてしっかりと腕に巻いた。

鍵が見つからなければわたしだけ置いていかれたかもしれない。あとから一人で電車で戻ることになったかもしれない。そんなことにならなくてよかった。これで帰りもピアニシモに乗れる。あたたかいお湯にもう一度からだを沈めて、やれやれと一息ついた。

いとこに会いに

近所のバス停で永福町いきの京王バスを待っていた。中野駅を出て永福町にいくバスはたいてい時間通りにくる。遅れてもせいぜい二、三分だから安心して待っていた。バス停には先客がいた。高そうなカシミヤのコートを着て小粋な帽子をかぶった年配の女性だ。二月の終わりの平日の午後。空気は冷たいけれど、空は真っ青。時々鳩が空を横切る。晴れやかな気分でバスを待っていたけれど、定刻の三時九分を過ぎてもバスの姿は見えない。五分が過ぎ、六分が過ぎた。途中で何かあったのだろうか。

高井戸駅の喫茶店でいとこと四時に待ち合わせていた。頼み事があって会うので遅刻するわけにはいかない。やはり電車にしたほうがよかっただろうか。電車で高井戸までいくには、地下鉄で新宿に出たあと京王線と井の頭線を乗り継ぐ。そちらのほうが時間は確実なのに、バスで西永福にいき、そこから井の頭線で高井戸にいく方法を選んだ。バスが時間通りにくれば所要時間は同じぐらいなのだ。

「遅いわねえ」

カシミヤさんが不機嫌そうな声でつぶやいた。ああ、そんなことをいってはいけない。バスに聞こえたら気を悪くしてますますくるのが遅くなる。

「人間は不便ね。わたしたちはどこにだって自分の羽根でさーっと飛んでいけるのに」

電線にとまった鳩が笑った。

三時二十分にようやくバスはやってきた。「お待たせしましたー」と運転手さんはドアを開ける。遅くなった理由はいわない。カシミヤさんはゆっくりとステップを上がり、「いくらなの」と運転手さんに訊く。二百円です、二百円。運転手さんにかわってわたしはこころの中で答える。カシミヤさんは黒いハンドバッグを開けてもたもたと財布を探す。あああ、バスを待っているあいだに用意しといてくださいよう。一万円しかないわといったらぶちのめそうと思ったが、カシミヤさんは小銭をちゃりんと料金箱に入れた。わたしは握りしめたパスモを機械にぺたっと押しつける。所要時間は一秒だ。何て模範的な乗客だろう。十分遅れたんだから十円まけなさいよなんてことはいわない。

車内は比較的すいていた。カシミヤさんは優先席に座り、わたしは運転席の二つ後ろの席に腰掛ける。西永福まで全速力でお願いしたいのに、バスは動き出して五秒で信号停止した。なんだかいやな予感がする。こんな調子で間に合うだろうか。

信号が青になるとバスは中野通りを走り出した。が、何となくとろとろしている。見れば道路は車でふさがっている。木曜だし、月末でもないのに。みんないとこに会いにいくのだろうか。次のバス停の先を右折して、中野本郷通りに入ればすいているだろう。もうしばらくの辛抱だ。いらいらするのはやめておこう。

わたしの読みはぴたりと当たり、右折したあとバスはスムーズに走り始めた。走れ走れどんどん走れ。中野富士見町の駅を過ぎ、自家焙煎のおいしいコーヒーを飲ませてくれる喫茶店も通り過ぎた。が、その先のバス停に何やら黒いかたまりがある。まずい。男子高校生の団体だ。帰宅時間にぶつかったらしい。こんなに早く帰らずにグラウンドでサッカーでもすればいいのに。帰るにしても、若いんだからバスに乗らずに自分の足で走ればいいのに。バスが停まると、学生服の子たちはがやがやと乗り込んできた。バスはいっぺんに満員になり、わたしの横に黒い壁ができる。体格のいい子たちだから圧迫感がある。山口がどうしたこうしたと壁たちは噂する。山口というのは先生だろうか。友人だろうか。もしかすると山口県か。わたしの知り合いにも山口さんがいるけれど、その人のことではないだろうな。

幅も高さもある大きな建物が左手に見えてきた。立正佼成会《りっしょうこうせいかい》の普門館《ふもんかん》だ。ここの大ホールでは「吹奏楽の甲子園」と呼ばれる規模の吹奏楽の全国コンクールが毎年開かれていた。その昔（七〇年代）、カラヤン率いるベルリンフィルが来日したときもこのホールでコンサートをしたらしい。外観を見るだけではそういう歴史はわからないけれど。

バスはあっさり本郷通りを抜けて環七に出た。ここから道が広くなるけれど、交通量もぐっと増える。どうかすいていますようにと願ったが、バスのスピードは急に落ちた。日焼け止めを塗ってくれればよかった。まだ二月なのに窓から入る日差しは結構強い。日当たりのいいほうの席に座ってしまったのはまずかった。これでシミがまた増える。昔のバスの窓には日よけのカーテンがついていたけれど、いつのまにかなくなった。かわりにＵＶカットのガラスを使っているのだろうか。こんなにのろのろ走っていては、ＵＶカットでも日焼けしそうだ。

住んでいる部屋の契約更新の時期が近づいていた。今の部屋には四年前に越してきたから二回目の更新だ。不動産業者から届いた書類を見ると、わたしの身分証明書のほかに、保証人の印鑑証明や住民票、誓約書が必要だった。新たに借りるのではなく更新するだけなのに、面倒なことをいう。今の部屋を借りるとき、いとこが保証人になってくれた。引き続き頼むつもりで、住民票などを用意してもらった。きょうはそれを受け取ると同時に、業者が送ってきた誓約書に記入してもらうことになっていた。いとこの勤め先は渋谷だが、きょうは高井戸にいるというのでそこで会うことにしたのだった。

こちらの頼み事だから遅れていくわけにはいかない。いとこより先に喫茶店にいって待つのが礼儀だろう。いとこだからといって甘えてはいけない。本当はもう一本早いバスに乗るつもりだったのに、支度に手間取って遅くなってしまった。

このまま環七を進むと方南通りの交差点がある。交差点は立体で環七を直進する車は下をくぐり、右折する車や直進する路線バスは上をいく。このバスは交差点を右折して方南通りを進む。交差点はまだはるか向こうなのに走りが鈍い。見ると車の長い列がバスの前にできている。このままでは四回ぐらい信号待ちをするのではないか。

四回待ち？　はは、まさか。いつもは信号を待たずに曲がるか、せいぜい一回待つぐらいだ。環七を直進する車が大半だろうし、四回も待つはずはない。

信号はようやく青になった。が、数台の車が右折しただけでまた赤になった。次に青になったときも数台で赤信号。「はい、ここまで」と意地悪をするように信号はすぐに赤になるのだ。

今の部屋に越してくる前、わたしは方南町に住んでいた。バスでこのあたりを通るたびに切ない気分を味わうのだが、きょうはそれどころではない。時計は三時三十七分。右折するのを五分も待っている。この次こそ右折だと思ったが、前の車が曲がったところで信号は黄色になった。さっといってしまえばいいのに、運転手さんは律儀《りちぎ》に停車する。安全運転にもほどがある。わたしが待つバス停に遅れてきたのも、安全運転が災いしたのだろう。いらいらしている人間がすぐ後ろに座っているのを運転手さんは知らない。人間、気づかないところで不評を買っているものだ。

まさかの四回待ちで交差点を曲がり、方南町のバス停についた。方南町には地下鉄丸ノ内線の支線の駅や大きなスーパーがある。乗客は大勢降りた。高校生もまとめて降りたので、わたしのまわりの壁はなくなった。ふと見るとカシミヤさんはいつのまにか優先席から消えていた。

この先の道はすいている。わたしが許すからスピード違反で全速力で走れ。「へい、承知しました」というように運転手さんはスピードを上げる。まさかの四回待ちで運転手さんもいらいらしていたのだろう。

びっくり寿司の前を過ぎた。一度だけいったことがあるが、びっくりするほどネタが大きいわけでも、びっくりするほど安いわけでもなくて全然びっくりしなかった。赤い大きな鳥居を過ぎた。「東京のへそ」大宮八幡宮の鳥居だ。何でへそなのかわからないけれど、そういう触れ込みだ。へそがあるということは、東京は哺乳類なのか。父親は誰で母親は誰なんだ。大宮八幡宮を問い詰めたい。その先にはぺこちゃんがいる。正確にいうと不二家《ふじや》のファミレスがある。ここには何度かきたことがある。最初にきた日はどこかの子どもの誕生日だった。店内が暗くなったと思ったら、お店の人がロウソクのついたバースディケーキを子どものいるテーブルに運んだ。ハッピーバースディの歌が流れ、わたしと友人も一緒に歌った。そんな昔の思い出にひたっている場合ではなかった。三時四十六分ではないか。

バスは方南通りを過ぎて井ノ頭通りに入った。次のバス停は「西永福」だ。ここで降りて京王線の西永福駅まで急いで走れば二、三分。電車がすぐくればぎりぎり四時に間に合いそうだ。ちなみに西永福の次のバス停は終点の「永福町」だ。永福町には京王バスの大きな車庫がある。路線バスももちろんたくさんいるし、新宿を夜出発する高速バスも昼間はここで待機している。バス停は車庫の中にあるので、停車しているバスのあいだを路線バスはぐるっと走る。車庫の中を走る機会なんてめったにないから、時間が許せばこのまま永福町までいって、そこで井の頭線に乗り換えたいぐらいだ。いや、時間が許さなくてもそうしたっていいのではないか。約束した時間には遅れるけれど、相手は五歳年下のいとこだ。少しぐらい遅刻しても構わないのではないか。西永福で降りようか。終点までいこうか。気持ちが決まらないうちに西永福のバス停が近づいてきた。

ぐるぐるっと

美容院にいくという友美さんと、終わったあとでランチをすることにした。友美さんはいつも下北沢の美容院を利用している。京子さんやわたしが通っているのと同じ、バンちゃんがいる美容院だ。友美さんは小田急の沿線に住んでいるので、電車一本でいける下北沢は便利なのだ。

友美さんは日々忙しく、会えるのは三カ月に一回ぐらいだ。この日も四時までに帰宅しないといけないらしい。友美さんは大事な友人だ。少しでも長く一緒にいたいので下北沢で会うことにした。

駅の階段の下で待っていると、少し遅れて友美さんがにこにこ顔でやってきた。短くしたばかりの髪が早春の風に吹かれて少し寒そうだ。

「どこいこうか?」

「ネットで調べたら線路の向こう側においしそうなイタリアンのお店があった。でも五分以上歩くんだよね。もう一つの候補はこの近くのカフェ。写真を見たらいい感じだった」

「じゃ近いほうにしようか」

わたしたちは本多劇場の近くにある小さなビルの階段を上がった。初めての店に入るときは緊張するけど、二人なら強気になれる。お客は誰もいなかった。失敗したかなと不安になった。靴を脱いで上がる小部屋が店の片隅にあった。真ん中にちゃぶ台が置いてある。

「あそこにしよう」わたしたちは迷わず小部屋を選んだ。

和風のランチを二人とも頼んだ。ごはんに味噌汁、野菜の煮物やひじきなどが運ばれてきた。

「わたし、いつも家でこういうの作ってるんだよね」

友美さんが笑いながらいった。そうだった。一人暮らしのわたしには煮物が嬉しいけれど、友美さんは家族と暮らしている。イタリアンのほうがよかったかもしれない。

「友美さんが作るほうがここのよりおいしかったりして」

「もちろん」

料理はまあまあだったが、ちゃぶ台のある小部屋は居心地がよかった。たちまち時間が過ぎ、友美さんの自由時間はおしまいになった。小田原いきの急行電車で友美さんは帰っていった。

一人になると寂しくなった。時間はまだ三時過ぎだ。このまま家に帰るとますます寂しくなる。渋谷に出て映画でも観ようと思い、井の頭線に乗った。渋谷に着き、混み合う改札を抜けて階段を下りると西口のターミナルがある。ここにはいつもバスがひしめいている。都バスもいれば小田急バスや東急バスもいる。阿佐ケ谷、中野、成城学園《せいじょうがくえん》、等々力《とどろき》、田園調布《でんえんちょうふ》、経堂《きょうどう》、二子玉川《ふたこたまがわ》、調布、いろんなところにここからいける。

「大井町《おおいまち》駅」いきの東急バスが目にとまった。前から気になっていた路線だが、まだ乗ったことはなかった。開いている扉に吸い込まれるようにステップを上がった。

「ありがとうございます」という柔らかい声が聞こえた。あれっと思って運転席を見ると、女性の運転手さんだった。たびたびバスに乗るけれど、女性の運転手さんに当たることは少ない。何だか得をしたような気分になった。

前のほうの席はほとんどふさがっている。一番後ろの左側の席に座った。発車時間を待つあいだに少しずつ客が増えていく。よいちょ、よいちょ。かわいい声がして、おじいさんらしき人に連れられた小さな男の子が乗ってきた。おじいさんは優先席に座ろうとしたが、「後ろがいいよう」と男の子がいった。わたしの前の席にくればいいなと思ったが、二つ前の席を二人は選んだ。

キャリーバッグを引きずった女性が乗ってきた。その後ろから、友人らしい女性も乗ってきた。二人とも髪はくしゃくしゃでひどく疲れた顔をしている。旅行帰りなのだろうか。二人連れなのにバッグは一つだ。旅行ではなく、重い荷物をどこかに運ぶ途中かもしれない。二人はバッグを通路に置いて、おじいさんたちと通路を隔てて反対側の席に座った。

「あと三分で発車いたします」というアナウンスが流れた。都バスや京王バスにはこういうアナウンスはなかった気がする。東急バスは都バスなどより均一料金が十円高い二百十円だ。だからこういうサービスがあるのだろうか。別になくてもいいサービスだけど。

赤とグレーの派手なジャケットを着た年配の女性が息をはずませて乗ってきた。女性は勢いよく車内を歩いて、わたしの隣にどすんと座った。ハンドバッグと鶴屋《つるや》八幡《はちまん》の紙袋を提げている。近くのデパートで買ったのだろうか。女性に続いてスーツ姿の男が三人乗ってきた。降車ドア付近の吊り革につかまりながら、三人は声高に仕事の話をしている。

「発車しまーす」

運転手さんの声が車内に響いた。ターミナルを出発するとバスはすぐに車体を九十度回転させて、玉川通りの坂を上り始めた。二列前にいる子どもじゃないけれど、よいちょ、よいちょという感じでゆっくり坂を上っていく。幅の広い道路だが、頭上を高速道路が走っているので圧迫感がある。セルリアンタワーを過ぎると「道玄坂上《どうげんざかうえ》」のバス停だ。バス停の真後ろに養命酒の大きなビルがある。まるで養命酒のために作られたようなバス停だ。養命酒の名前は昔から知っているが、一度も飲んだことはない。一度飲んでみたいと思うけど機会がない。

降車ドア付近の三人の男は、次の「大坂上《おおさかうえ》」でばたばたと降りていった。バス停二つ分ぐらい歩けばいいのに。無駄に体力を使いたくないのだろうか。それともよほどのバス好きか。「大橋《おおはし》」のバス停を過ぎるとバスはぐるぐるっと道路を回り、玉川通りを下って細い道に入った。道幅がいきなりせまくなり、ぬくもりのある町並みに変わった。昔ながらの喫茶店やタイル店や家屋。人の気配がしてほっとする。

かさかさ。かさかさ。隣の席のマダムは、渋谷を出た直後から鶴屋八幡の紙袋をたびたび覗く。袋を開けるたびに強烈なにおいがあふれる。ニンニクと沢庵を混ぜたようなにおいだ。そんなにおいがする和菓子はないから、晩ご飯のおかずも買ったのだろうか。いったいどんなおかずだ。マダムの指には大粒の真珠の指輪が光っている。真珠夫人という言葉が浮かぶ。十円高い東急バスの沿線に住むだけあって、マダムはお金持ちなのだろう。

信号を渡ると再び広い道に出た。山手通りだ。目黒川《めぐろがわ》を渡った。春には川の両側は見事な桜並木になる。でも今はまだつぼみさえない。次のバス停は「菅刈小学校」。小学生には読めない名前だ。「菅刈」は「すげかり」と読むらしい。菅はカヤツリグサのこと。昔、この辺にカヤツリグサが生い茂っていたのだろうか。かつて小学生だったおじさんがこのバス停で一人降りた。

このあたりの道は車道も歩道も十分な広さがある。歩道にはビストロやラーメン屋や焼き肉屋などが並び、皆ゆっくりと歩いている。マフラーをした犬を連れて歩いている人もいる。

前方に電車の高架が見える。東横線だな。高架をくぐって少し走ると「中目黒駅《なかめぐろ》」のバス停がある。ここで大勢降りていく。真珠夫人も立ち上がって降車口に向かう。さよなら真珠夫人。夫人の黒いスカートの後ろにはスリットが深く入っていた。

二年前の春、真夜中に大井町から中目黒まで歩いたことを思い出す。古い知り合いたちと久しぶりに会って大井町で飲んだ。何で大井町かというと、知り合いの知り合いのお店が大井町にあったからだ。話がはずみ、終電に乗り遅れてしまった。財布を覗くと三千円しか残ってない。大井町からうちまで三千円では無理である。歩けるところまで歩こうと思い、深夜の道を一人で歩き始めた。途中で何度か道に迷いながら二時間半かけて中目黒まで歩いた。そこでタクシーを拾ってうちに帰った。ぎりぎり三千円以内でいけた。

このバスはわたしが二年前に歩いた道を逆の方向に走っている。そのとき飲んだ二人とはそれ以来会っていない。同じ首都圏に住んでいても、会う機会はなかなかない。

バスはひたすら山手通りを走る。さっき渡った目黒川は山手通りと並行してすぐ左手を流れている。「正覚寺前《しょうがくじ》」のバス停の後ろは広場になっていて、船入場《ふないりば》という名前が見える。目黒川をいく船の発着場だったのだろうか。昔は船が主要な交通手段だった。もっと早く生まれていたら、バスでなく船に乗るのがわたしの趣味になっていたかもしれない。「目黒警察署前」を過ぎると「田道小学校入口」。ああ、また難しい名前だ。小学校なのにこんなに読み方が難しくていいのだろうか。タミチ？　デンドウ？「でんどう」だった。田んぼのあぜ道と関係があるのだろうか。

キャリーバッグの二人組は渋谷を出たときからずっと熟睡している。からだは斜めに傾いて通路にはみ出しているが、左手はキャリーバッグの取っ手をしっかり握っている。キャリーの脇をすり抜けて、おじいさんと孫が降りていった。

右手前方に風格ある青銅の屋根が見えてきた。由緒ある大鳥《おおとり》神社の屋根だ。バスの中から手を合わせてもご利益はあるかな。降車ボタンが押されてないのに「大鳥神社前」でバスは停まった。あれれ、どうしたんだろう。

「ここで運転手が交替いたします」

わあ、交替してしまうのか。残念だな。運転手さんは立ち上がり、ショルダーバッグを肩にかけてバスを降りていった。入れ替わりに男の人が乗ってきて運転席に収まった。バスを降りた運転手さんは黒いストッキングに黒い靴をはいていた。窓から見ていると歩くにつれて表情が柔らかくなり、普通の娘さんに戻っていった。

「次は不動尊《ふどうそん》参道です」というアナウンスが流れた。神社の次はお不動様か。まとめてお参りする人もいるだろうな。表参道はよく知っているけれど、不動尊参道は初めて聞いた。不動尊は目黒不動尊だろうか。続いてのバス停は「不動前駅入口」。この駅名を聞くのも初めてだ。小田急でも京王でも新幹線でもない。何線の駅かわからない。わからない電車の高架をバスはくぐった。


山手通りのあちこちで大がかりな工事をしている。そのため道が混んでバスはのろのろ運転だ。工事が終われば山手通りの地下を高速道路が走る。

「大崎《おおさき》郵便局」の先でまた電車の高架をくぐった。何線の電車かわからな過ぎて、もう考える気がしない。何線でも勝手にどうぞという感じである。「大崎警察署前」の先で道路はまたぐるぐるっと大きくカーブし、JRの線路が何本も連なる敷地の上を越えた。バスで通過するとあっという間だが、二年前にここを歩いたときは大いに困った。大崎駅を過ぎたあと、線路を越える道がわからなくて同じところを何度もいったりきたりした。誰かに尋ねようにも、深夜歩いている人は一人もいなかった。今にして思えばよく歩いたものだ。どこからそんな元気が出てきたのだろう。

大崎駅のあたりは、大きなビルが威圧するように並ぶ。そこを過ぎると「居木橋」のバス停だ。「いるきばし」と読むらしい。この先でバスはまた大きくぐるぐるっと回った。こんなに何度も大きくカーブする路線はあまりない気がする。

その先に待っていたのは「第一三共前」というバス停だ。ややこしいな。「第二三共前」とか「第三三共前」というバス停もあるのだろうか。また何かの高架をくぐった。その先に品川消防署があった。あれ。この消防署はもしかして。二年前に大井町から歩いたとき、正しい方向に歩いているかどうか途中で不安になった。消防署があったので中に入って道を尋ねた。

「すみません。新宿方向はこの道でいいですか」

「新宿というか、この先は大崎ですけど」

「大崎から線路に沿って歩くと新宿にいけますよね」

「え。歩いていかれるんですか。かなり遠いですよ」

宿直の人は驚いた顔をした。ご自宅まで消防車で送りましょうといってくれるかと期待したけれど、だめだった。「いけるところまでいきます」と答えて消防署をあとにした。それがこの品川消防署だ。今バスの窓から見ると、消防署の一階と二階には出《で》窓《まど》が並んでいる。夜中に歩いたときには気がつかなかった。

　山手通りと第一京浜《けいひん》がぶつかる交差点に出た。バスは右折して第一京浜を走り始めた。第一京浜に沿って京急本線の高架が走っている。渋谷を出てから一時間ぐらい過ぎた。窓の外は薄暗くなり、車内にいるのは数人だ。

　キャリーの二人組もとうに降りていき、始発から乗っているのはわたし一人だ。運転手さんでさえ途中で交替したのだから、わたしが一番長く乗っていることになる。渋谷区、目黒区、品川区と通過した。終点はまだ先だ。早く着かないかな。じっと座っているのに飽きてきた。「青物横丁《あおものよこちょう》」の次のバス停は「仙台坂《せんだいざか》」。仙台藩と関係があるのだろうか。それとも仙台という名前の人と？　終点の大井町にはゼームス坂という坂道がある。もとは傾斜が急な坂道だったが、明治時代にイギリス人のゼームスさんが私財を投じてなだらかな坂に変えた。以後その坂はゼームス坂と呼ばれるようになった。東京には坂道がたくさんあるけれど、坂に自分の名前を残した外国人はゼームスさんだけではないだろうか。

　理容店、書店、ドラッグストア、ハンバーガーショップ、とんかつ屋。道の両側にお店が増えていき、歩く人の姿も増えた。やれやれ、ようやく大井町だ。はじけるような照明がまぶしく、駅前商店街らしい雰囲気だ。日が暮れて外は寒そうだ。バスを降りたら取りあえずカフェに入ってコーヒーを飲もう。バスは最後の最後にまたぐるぐるっと九十度カーブして、終点の停留所に停まった。

成増におりません

吉祥寺で用事をすませたあと駅に引き返すと、「成増町《なりますちょう》」いきの西武バスが停まっていた。おおっと思った。何がおおっなのかよくわからないが、西武バスを見るたびにおおっと思う。わたしの住む町には西武バスは走っていないから、たまに見ると胸がときめく。それにあの色、灰色と青を混ぜたような独特の車体の色がいい。都バスや京王バスにはない重々しい色だ。無口で無骨《ぶこつ》だが、いざというとき頼りになるヤツ。西武バスを見ているとそんな気がする。西武バスの重量は、ほかの会社のバスより重いのではないだろうか。

せっかくだからちょっと乗ってみよう。わたしは西武バスのステップを上がった。座席は全部ふさがっていて、立っている人が三人いた。しまったと思った。一本遅らせて次のバスにすればよかった。成増がどこにあるのかはっきり知らないけれど、何となく遠そうだ。できれば座っていきたかったが、乗ってしまったものは仕方がない。そのうち席があくだろうと思い、降車扉の少し後ろに立った。

わたしの前に座っている男は熱心に本を読んでいる。びっしり活字が並んだページの下に、男たちがお行儀よく並んだモノクロの写真があった。冠婚葬祭の本だろうか。桜の季節なのに男は重そうな黒い服を着ていた。

男の後ろには中学生らしい男の子が横向きに座っている。その後ろには少年が二人。三人ともiPhoneだかスマートフォンだかをいじりながら時々短い言葉を交わす。

すぐに発車するような雰囲気だったが、バスはなかなか出発しない。次々に人が乗ってきて、座っている人より立っている人のほうが多くなるとようやくバスのエンジンがかかった。

吉祥寺から成増までどういくのだろう。知らない道をいくのはわくわくする。バスは駅前の大通りを北に向かい、五日市街道に突き当たると左折した。提灯《ちょうちん》をぶら下げた神社が右手にある。武蔵野八幡宮だ。このあたりにはお寺もいくつかある。吉祥寺というぐらいだからお寺があっても不思議はないが、繁華街のすぐそばにあるのが意外だ。神社の角をバスは曲がる。途端に道幅はせまくなり、周囲は落ち着いた住宅街に変わる。駅から少し離れただけでこんなに静かになるなんて。

日曜の夕方だから交通量は多い。片側一車線の道をバスはのろのろ進み、運転手さんはこまめにブレーキをかける。そのたびにからだが倒れそうになり、足の裏に力を込める。

「サンロード入口」「武蔵野第四小学校」「立野町《たてのちょう》」「武蔵野寮前」。バス停とバス停の間隔はせまい。バスが停まるたびに一人、二人と乗客が増える。乗ってくる人ばかりで降りる人はいない。「関町《せきまち》南二丁目」のバス停の前に大きなスーパーがあった。優先席にいた年配の女性が降りた。吉祥寺を出て以来、降りる人は初めてだ。こういうバスも珍しい。たいていは出発して二つ目か三つ目のバス停で誰かが降りる。あいた優先席に中年の女性がすかさず座った。が、前の扉から高齢の女性が乗ってきたので十秒もしないうちに立ち上がった。

「ミートボール食べたい」

横向きに座っている少年がぼそっといった。わたしにいっているのだろうか。ミートボール、持ってないんですけど。

「おれポテト」

後ろの席の少年がいった。ポテトももちろん持ってない。仲がいいのか悪いのかわからない子どもたちだ。男の子ってこんなふうなのか。

せまい道を抜けて広い道に出た。青梅街道だ。救われたような思いがする。せまい道は何となく息苦しい。青梅街道の両側に背の高い街路樹が並んでいる。ケヤキだろうか。若葉が芽吹く気配はまだない。順調にバスは走り、バス停をいくつも過ぎたけれど、相変わらず降りる人はいない。この先、人がたくさん乗ってきて降りる人が誰もいないと悲惨なことになりはしないか。

せっかく広い道に出たと思ったら、バスはファミレスとファストフード店の間のせまい道に入り込んだ。せまいところがよほど好きらしい。車内は混んでるし、窓のすぐ外に建物があるしで息苦しい。

「カラオケいく?」

ミートボール少年がいった。後ろの子たちは黙っている。少年は小さな声で歌い始めた。前の席の男がくるっと後ろを向いて、鋭い目付きで少年をにらんだ。男の読んでいた本の表紙がそのとき見えた。『ヤクザという生き方』。わたしはごくりと生唾《なまつば》を飲んだ。少年は男の視線に気づいて「うるさいですか? すみません」とぶっきらぼうにいった。面倒だから謝っとくかという感じの生意気な口調だった。男は少年をにらんだまま視線をはずさない。

「何」後ろの席の友だちが訊いた。

「いや。何かうるさかったみたいで」

さっきの写真は冠婚葬祭ではなくて、ヤクザの集合写真だったらしい。男は少年を殴るだろうか。わたしはどうすればいいだろう。この生意気な少年をかばわないといけないのか。あまりかばいたくないけどな。どきどきしたが、男はにらみたいだけ少年をにらむと、視線をはずして前を向いた。

バスはますますせまい道に入り、踏切を渡った。西武新宿線の「上石神井《かみしやくじい》」駅だ。西武バスで西武新宿線の踏切を渡るなんて、ちょっといい感じ。踏切を渡ったところの小さな空き地にバス停がある。バスは空き地を半周して停まった。五、六人の乗客が降りたが、ほぼ同数が乗ってきたので混み具合は変わらない。「上石神井中学校入口」「早稲田高等学院」「上石神井北小学校」。学校が多い道だ。日曜の夕方もバスは混んでいるけど、平日はさらに混むのだろうか。

上石神井駅いきの西武バスが前からやってきた。せまい道だからぶつかるのではと冷や冷やしたが、わりかしすんなりすれ違った。すれ違うとき、向こうのバスの運転手さんは「ハロー、トム」という感じで片手を上げた。「ハーイ、ジョニー」という感じでこちらの運転手さんもあいさつを返した。

やや広い道に出た。「富士街道」という表示がある。富士山に通じる道だろうか。「石神井団地入口」「石神井郵便局」「石神井中学校」「石神井庁舎前」。今度は頭に「石神井」がつくバス停が続く。とどめは「石神井警察署」「石神井公園駅北口」だ。西武池袋線の駅。昔は小さな駅だったのに、いつのまにか大きく立派になっている。出世したなあという感じである。

「お待たせしました」

運転手さんの声とともにドアが開く。待ちかねたように大勢の人がぞろぞろ降りていく。三人組の少年も踊るように降りていった。鋭い目付きの男はまだヤクザの本を読んでいる。そんなに面白い本なのだろうか。読み終わったら貸してもらおうかな。

「んあ?」

後ろのほうに座っていたおばさんが、奇妙な声をあげながらころがるようにバスを降りていった。どうやら熟睡していたらしい。

車内に空席ができて、立っていた人たちは全員腰をおろした。わたしもようやく腰掛けることができた。こんなに座れないバスは初めてだ。吉祥寺の駅を出てから一時間近く過ぎたのに、始発から乗ったままの人が何人もいることにも驚く。ほかのバスは乗客が途中で入れ替わり、始発から乗っているのはわたしだけになるのに。何て回転の悪いバスだろう。

乗る人降りる人が一段落したのに、バスは出発しない。運転手さんが疲れたのだろうか。運転に飽きたのだろうか。ロータリーの中央に細い桜の木があり、弱々しい花を咲かせている。その向こうには大きなマンションがそびえている。急行電車が到着したのか、駅から人が大勢出てきた。その人たちが乗るのを待ってバスは再び出発した。

細い道を走っては広い道に出て、また細い道に入っては広い道に出る。そういうことを繰り返しながら成増いきのバスは走る。地味な住宅に地味なお店。人目を引くような建物も風景もない、地味な道がどこまでも続く。

「ねえママ。帰ったらすぐコロッケ食べたい」

一番後ろの席にいる男の子が傍らの母親に話しかける。ミートボール少年のあとはコロッケ坊やか。日曜の夕方、一時間近くバスに乗ると大人も子どもも眠くなったり、おなかがすいたりするんだな。

「コロッケうちにあったかなあ」

「買って買って買って。ねえコロッケ買って」

子どもはぐずり始める。コロッケが食べたいのではなく、バスに飽きたのかもしれない。ヤクザの本を読んでいる男がまたにらむんじゃないかとはらはらしたが、相手が子どもだからか無視している。

バスが停まり、優先席にいたおじいさんが立ち上がった。ステップを一段下りたところでぺたんと尻餅をついた。立とうとするがなかなか立てない。そばにいた女性が助け起こす。おじいさんは礼もいわずに降りていったが、助けた人は気を悪くした素振りを見せない。この路線ではよくあることなのだろうか。窓の外の景色がドラマチックでないかわりに、バスの中では小さなドラマが日々起きるのかもしれない。

「ありがとうございました」

小学生の女の子が明るい声であいさつしながら降りていった。その次のバス停で、目付きの鋭い男が降車ボタンを押した。ヤクザの本をカバンに片付け、メガネをかけて立ち上がった。わりに小柄で小太りで、悪い人には見えなかった。温厚そうな人にさえ見えたが、本当のところはわからない。

「土支田《どしだ》交番」「白子向山《しらこむかいやま》」「牛房《ごぼう》」

難しい読み方のバス停が次々に登場する。太陽はどんどん西に傾き、あたりは暗くなってきた。一時間以上過ぎたのに、バスは終点に着く気配がない。始発から乗ったままの人はまだ何人もいて、眠ったり、わが家のようにくつろいだりしている。皆、終点までいく気満々だ。成増から吉祥寺まで電車だと何本か乗り継ぐけれど、バスなら一本だ。日曜日にバスで吉祥寺に出掛け、買い物などを楽しんで「サザエさん」に間に合うようにバスで帰る人は多いのかもしれない。

バスは相変わらずせまい道と広い道を交互に走る。ずっとこれを繰り返し、永遠に成増には着かないのではないか。どんどん暗くなる窓の外を見ているとそんな不安に駆られる。成増に着いたら「成増におります」とつぶやくつもりでいるのに、この調子だといつになるかわからない。まだ成増におりません。

桜をよけて

週二回、仕事で池袋にいくようになった。往路は地下鉄を利用して、駅から仕事先まで急いで歩く。夕方帰るときはゆったりした気分で駅に向かう。気候のいい時期は地下におりる気がしないので、駅に続く階段をやり過ごして地上を歩く。すると「池袋駅西口」のバス停がある。ここから「中野駅北口」いきのバスが出ている。国際興業のバスと関東バスだ。中野駅からうちまでは歩ける距離なので、バスで帰宅することもできる。

バスは十五分おきぐらいの間隔でやってくる。バス停に誰もいないときはバスが出た直後だ。十数分も待つのはいやだからあきらめて素通りする。でも待っている人が何人かいたり、すでにバスが停まって扉が開いていたりしたら素通りするわけにはいかない。

きょうもそうだった。四時過ぎにバス停に差し掛かるとバスがわたしを待っていた。手が勝手にパスモを取り出し、足が勝手にステップを上がる。箱があれば取りあえず入ってみる猫みたいなものだ。車内は満席に近かった。一番後ろの窓側の席があいていたからそこに座った。大きな紙袋を抱えた年配の女性が、まもなく乗ってきた。後ろの席までつかつかと進み、かさばる荷物を座席に放り出した。硬いものがわたしの膝にぶつかった。「あらごめんなさい」悪びれずにいってその人はわたしの隣に座った。

数分後にバスは出発した。駅を背にして山手線から遠ざかるように進む。にぎやかな商店街がしばらく続く。ファミレス、コンビニ、カフェ、赤色灯を光らせたパトカーが停まっている銀行（事件でしょうか）、店頭にレコードを並べた古書店。広い歩道を学生や会社員や短いスカートを穿《は》いた女の子がのんびり歩いていく。サングラスをかけた小型犬が気取った様子で歩いている。首にはポーチをぶら下げている。ぎょっとした。池袋の犬はひとりで買い物にいくのだろうか。あまりに自由過ぎないか。窓の外を見回すと、サングラスをかけた中年の男が犬の後ろからやってくる。この人が飼い主だろうか。サングラスはおそろいなのか。車の多い道なのにつないでなくて大丈夫なのか。人の犬なのに心配させられる。

バスに乗っているのは年配の女性が目立つ。おしゃれな服を着た人もいれば、おしゃれには全然関心がありませんという雰囲気の人もいる。互いに干渉することなく、それぞれの時間を楽しんでいる。そういう女性たちのあいだに、年配の男性が遠慮がちに腰掛けている。

「国際興業総合案内所」「池袋二丁目」のバス停を過ぎる。次は要町《かなめちょう》に停まりますというアナウンスが流れる。地下鉄有楽町線の埼玉方面いきだと池袋の一つ先が要町だから、中野に向かっているのではなく遠ざかっているような気がする。

角の交番で左折してバスは山手通りに入る。途端に周囲の雰囲気が変わる。道路が広くて新しいのだ。同じ山手通りでももっと南側、中野から渋谷にいく途中に通る山手通りは拡張工事のさいちゅうだけど、このあたりはもう工事がすんでいる。車道の中央分離帯には植物が植わり、歩道は広過ぎるぐらい広く、自転車用と歩行者用に分かれている。でも歩いている人はあまりいない。ランドセルを背負った小さな女の子がおじいさんらしき人と歩いていたり、犬を散歩させる人たちがたまに通り過ぎる程度だ。自転車もあまり通らない。たまたま今がすいているだけで、時間帯によっては混むのだろうか。

電話のベルが鳴った。携帯の着信音だ。音楽ではなく、懐かしい黒電話のベルの音。ベルはすぐ隣から聞こえる。早く出ればいいのにと思うけれど、隣の人は知らん顔をしている。「あらあたし？」六回鳴ったところでようやく気がつき、ごそごそとカバンの中を探す。

「もしもし。うん。うん。うん。はい。今バスだから、降りたらかけ直す」

隣の人が喋っているあいだに「池袋車庫」のバス停を過ぎた。バス停には小さな椅子が二脚雨ざらしになって置かれていた。

線路の上に架かった橋を渡る。西武池袋線の線路だろう。降車ボタンが押され、「椎名町《しいなまち》駅南口」のバス停にとまった。隣の女性が紙袋をあちこちにぶつけながら我先に降りていった。引っ張られるように、年配の女性たちがあとに続く。おしゃれな女性も、おしゃれに関心がなさそうな女性も何人か降りた。

次の「目白《めじろ》五丁目」でも停車した。乗客が一人降りたあともバスの扉は開いたままだ。「時間調整のためしばらく停車いたします」と運転手さんがアナウンスする。何をして過ごせばいいかわからない時間。面白いものはないかと窓から外を見るけれど、何もない。わずか二、三分なのに長く感じる。バスを降りて散歩したくなる。「お待たせしました」ドアが閉まり、再びバスは発車する。ほっとする。すぐに目白通りにぶつかり、えいっと右に折れる。山手通りよりせまい目白通りをバスは進んでいく。きれいだけれどよそよそしい山手通りに比べると、目白通りは懐かしい雰囲気だ。小さな中華料理店、小さなクリーニング店、小さなラーメン屋が軒を並べている。「本日貸し切り」という紙が貼られた居酒屋がある。

信号を越えて新青梅街道に入る前のバス停は「落合南長崎《おちあいみなみながさき》駅」だ。ええと、大江戸線の駅だっけ。名前に長崎がついていると九州の長崎を一瞬連想してしまう。そういえばこのあたりには中華料理やラーメンの店が多い。長崎には中華街がある。落合南長崎と九州の長崎は何か関係があるのだろうか。

「哲学堂東《てつがくどうひがし》」のバス停にきた。新青梅街道をこのまま進み、中野通りで左折すると道の両側に桜並木がある。うっとりするような景色が春には見られるのだが、バスはなぜか「哲学堂東」の先を左折して、地味な住宅街をいくのである。何て意地悪なバスだろう。桜が嫌いなのだろうか。桜の下を通るなという親の遺言でもあるのだろうか。春にこの路線をバスで走ったときは心底がっかりした。もうすぐ窓から桜が見えるとわくわくしていたのに、あっさり横道にそれたのだ。バスの進路を変えてくれるよう、バス会社にお願いしようかと思ったぐらいだ。

今はもう新緑の季節だから、バスがどこを走ろうと平静でいられる。ゆるやかにカーブした静かな裏道をいくほうが心地よくさえある。「哲学堂」の次は「哲学堂公園入口」。「哲学」のつくバス停が二つ三つ続くと、崇高なことを考えないといけない気になる。哲学堂は、妖怪博士としても知られる井上円了《いのうええんりょう》が造った不思議な公園だ。宇宙館とか絶対城などと名付けられた小さな建物が並ぶテーマパークのようなところだ。一度だけいったけれど、ありがたいような楽しいような公園だった。

西武新宿線の新井《あらい》薬師《やくし》駅が近づいてきた。左手前方にコンビニが見える。バスがコンビニの前を通り過ぎるとき自動ドアが開いて、中から知り合いのOさんが現れた。わあ、Oさん。すごいタイミングなんですけど、こんなところで何をしているんですか。白い袋をぶら下げておられますが、コンビニで何を買ったんですか。訊いてみたいがあちらは地上、こちらはバスの中である。わたしに見られていることにOさんは気づいていない。ふふふふ、優越感。それにしても何という偶然だろう。バスは時々こういう偶然を起こす。

新井薬師の駅を越えても、道の両側に小さな店舗が続いている。そろそろ渋滞する時間らしく、片側一車線の道路は車でふさがっている。のろのろ走るバスの横を、テンガロンハットをかぶった年配の男性が颯爽《さっそう》と歩いていく。淡いブルーのジージャンに同じ色のジーンズ。懐かしい。ブルージーンズはともかく、テンガロンハットは久しぶりで見た。さすが新井薬師、さすが哲学堂という感じである。

時計を見ると池袋を出てから三十分を過ぎている。満員だったバスはその後少しずつ乗客が減っていき、今や片手で数えられるほど。もちろん始発から乗っているのはわたしだけだ。成増町いきのバスをのぞけば、始発から終点まで乗る人はあまりいない。

ようやく早稲田通りに出た。今やオタクの聖地になりつつある中野ブロードウェイの入口を過ぎ、バスは西に走る。この先の中野通りで左折すれば駅まで近いし、こだわるようだが、春にはそこも美しい桜並木だ。なのにバスはここでも桜をよけて中野通りを通過し、その先の道を左折する。わざわざ遠回りしてまで桜をよけるのだ。桜の下を通るとじんましんが出るのだろうか。バスは中野サンプラザの後ろを通り、「区立体育館」のバス停を通過する。続く「中野区役所」のバス停前の植え込みには

五、六匹の犬がいて、おすわりをしたり、ごろんと寝そべったりしている。といっても本物ではなくブロンズの犬だ。
江戸時代、五代将軍徳川綱吉《つなよし》公の時代には、数万匹の犬がこのあたりにいた。「生《しょう》類憐《るいあわ》れみの令」によって保護された犬が、広大な敷地で飼われていたのだ。それを記念し、どこかの団体がブロンズの犬を造って寄贈したらしい。

池袋を出発したときにはサングラスをした犬が歩道にいた。中野にはブロンズの犬がいる。桜には縁がないけれど、犬には縁がある路線だ。中野サンプラザの真横に運転手さんはバスを停める。ここが終点の「中野駅北口」だ。最後まで乗っていたのはわたし一人だった。わたしが降りたあと、運転手さんもバスを降りて中野サンプラザの中に入っていった。トイレ休憩だろうか。一休みしたらバスは再び池袋に向かう。今度は出発したあと中野通りを北に進むから、しばらく桜並木を堪能できる。バスの窓から桜を楽しもうと思えば、池袋からの帰り道ではなく、往路にバスを利用すればいい。でも朝っぱらから桜を見ると労働意欲が消え失せて仕事をほっぽり出してしまいかねない。それが恐くて池袋にいくときはバスに乗るわけにはいかないのだ。

「あかいくつ」に乗って

元町・中華街駅の階段を上がって地上に出ると雨が激しく降っていた。きょうは一日中雨だと天気予報でいってたけれど、神奈川近代文学館(横浜)の斎藤茂吉《さいとうもきち》展はあすで終わる。あすはほかに用事があるので、雨を承知で家を出た。横浜に着くまでにやむかもしれないとかすかに期待したけれど、いっそう激しく降っていた。

神奈川近代文学館は、港の見える丘公園の広い敷地の中にある。元町・中華街の駅から徒歩十分とホームページに書いてあるけれど、いつも途中で道がわからなくなり、十分の四倍ぐらいかかってしまう。バスでいけることは知っているが、港の見える丘公園を歩く楽しみも捨てがたいから毎回歩く。とはいえ、晴れた日ならまだしも、土砂降りの中を十分の四倍もさまようのは悲しいので信号待ちをしていたタクシーをつかまえて乗り込んだ。

「あそこですよね。山の上の」

　近代文学館にいくのは初めてなのか、運転手さんはちらちらとナビを見ながら車を走らせる。商店街を抜け、坂道を上がる。徒歩十分だからタクシーならすぐのはず。財布を用意して待っていると、「あ、ここですね。今ポスターがありましたから」と運転手さんは車を停めた。あれ、ここだったかなと首を傾げながらタクシーを降りた。雨の勢いは衰えていなかった。あまり役に立たない傘を広げてポスターのところまで引き返すとそこは屋根付きのバス停だった。宣伝のために茂吉展のポスターが貼られているだけで、文学館とは関係なかった。

　何のためにタクシーに乗ったんだかとぼやきながら歩いていくと、港の見える丘公園の入口の門があった。ここからがまた遠い。靴は雨を吸って早くも変色し、歩くたびにかぽかぽと鳴る。園内には美しくバラが咲き誇っているけれど、立ち止まって眺める気持ちの余裕はない。風雨が強く、人影のない公園を泣きたいような思いでさまよい歩く。ようやく文学館にたどり着いたときにはシャワーを浴びたようになっていた。

　文学館の中はすいていた。雨のせいでみんな挫折したんだな。ゆっくり見学したあと、館内のカフェで一休みした。満足して外に出ると雨は少し静かになっていた。くるときに通った道を引き返して門の外に出ると、目の前にバスが停まっていた。あ、あれに乗ろう。急ぎ足でバス停に向かうと、バスは逃げるように出発した。むっとした。バックミラーにわたしが映っていただろうにいってしまうとは。横浜のバスなんか大嫌い。ぷんぷんしながらまわりを見ると、道の向こう側に傘をさした人が四、五人立っている。そこもバス停らしい。わたしは道を渡ってそちらに移動した。標識を見ると、元町方面にいくバスがここに停まる。ということは、さっきのバスはどこいきだったのだろう。乗っていたらとんでもないところに連れていかれたかもしれない。乗り遅れて幸いだった。と思うまもなく、赤いクラシカルなバスが後方からやってきた。あれ、何だか見覚えがあるぞ。三分前にわたしを無視したバスではないか。もしかすると道の向こう側にあるのは降車専用のバス停で、乗車はこちらからなのだろうか。バスはどこかでUターンしてきたのだろう。さっきわたしを乗せてくれなかったのも当然だな。ぷんぷんして悪かった。

「お待たせしました」

にこやかな運転手さんの声がした。「いくらですか」わたしの前にいた女性が訊いた。「百円です」え、百円？　大人がですか？　どこまでいっても百円均一？　都バスは二百円だから横浜のバスも同じだと思っていた。わたしは握りしめた二枚の硬貨のうち一枚だけを料金箱に入れた。いっぺんで横浜のバスが大好きになった。後ろの人はパスモで乗った。そうか、パスモ使えるのか。何となく横浜のバスは使えないような気がしていたから読み取り機を探すことさえしなかった。

車内は落ち着いた木目調だった。天井の丸いランプシェードは柔らかな光を放っている。数人の乗客が前や後ろの座席にいた。このバスは市内を循環しており、ここが始発というわけではないらしい。二人掛けの席の窓側に座る。二時間ほど前にタクシーで通った坂道を今度はバスで通過する。視線の高さが違うから少し違った景色に見える。

運転席の後ろと車内中央、二カ所にモニターがあり、横浜の名所を紹介している。このバスは普通の市バスではなく、横浜の観光スポットを回る周遊バスだとわかった。その名も「あかいくつ」。横浜の港が登場する童謡「赤い靴」にちなんだ名前なのだろう。雨を喜ぶようにバスは調子よく走り、たちまち「元町入口」のバス停に着いた。元町・中華街駅にいくならここで降りればいい。でも、今乗ったばかりなのにもう降りるなんてできるわけがない。わたしは知らん顔をして座っていた。

バスは港に向かい、マリンタワーと山下《やました》公園のあいだの道を走っていく。氷川丸《ひかわまる》の黒い船体が見える。傘をさした団体が公園の中を二列に並んで歩いていく。ツアーの観光客だろうか。あいにくの雨で気の毒だな。山下公園の向こうには重たい色の海が広がっている。シルク博物館の前で右折。水上警察署の前を通過し、バスは大《おお》さん橋《ばし》の上を走っていく。まだ比較的新しいさん橋だ。飛行機に乗って滑走路を走っているような気分に一瞬なる。突き当たりに国際客船ターミナルの建物がある。神戸や北海道やホノルルや上海にいく船がここから出るのだ。いやでも旅情をかき立てられる。バスに乗りながら船に思いを馳せるなんて贅沢なような、バスに悪いような。

建物の前でUターンして運転手さんはバスを停めた。「大さん橋客船ターミナル」のバス停だ。「出発は十七時五十分です」と運転手さん。時計を見ると五時四十分だ。十分もじっと待つなんて。わたしは落ち着かない気分になった。走っていると十分はすぐだけど、停まっていると永遠よりも長く感じる。

「このバス、中華街にいきますか」

開いた前扉から女の人の顔が覗いた。

「いきますけど一時間ぐらいかかりますよ」

運転手さんが答えると女の人は逃げていった。

中華街は「元町入口」のバス停のそばにある。公園の門の前からバスに乗り、すぐ次のバス停が「元町入口」だった。今から一時間かけてあそこに戻るのか。バスにたっぷり乗れるのは嬉しいけれどおなかがすく。車内にシュウマイや肉まんを売ってるミニミニ中華街があればいいのに。

運転手さんはバスを降り、客船ターミナルの中に入っていった。あれ、どうしたんだろう。戻ってこなかったらどうしよう。心配したが、出発時刻の少し前に戻ってきて何事もなかったように運転席に座った。出発間際に乗客が急に増え、座席は次々にうまっていく。

「いいよ、俺立ってるから」

最後に一つ残った席を、カップルの男の子は女の子に譲った。ドアが閉まりバスが動き出そうとしたときばたばたと二人の女性が走ってきたが、バスのいき先を見て乗るのをやめた。

長いさん橋をバスはもとの陸地に引き返す。沖合にいくつか船が見える。右手には大観覧車。気持ちが晴れ晴れとする光景だ。幅が広く、緑の多い道をバスは走る。歴史を感じさせるクラシカルなビルが道の左右に並び、異国にいるような気分。馬車道《ばしゃみち》駅の前を通過すると左手の視界が開け、高いところに銀色の電車が停まっている。その下にあるのは桜木町《さくらぎちょう》の駅舎だ。バスが停まると乗客は次々に降りていき、車内はほとんどからっぽになった。前の扉から大きな男がのっそりと乗ってきた。運転手さんは立ち上がってバスを降りた。バスジャックではなく運転手の交替だ。桜木町は大きな駅だから利用する人は多いのに誰もバスに乗ってこない。不思議に思っていたがそこは降り場専用で、バスが前方に移動すると長い行列ができていた。親子連れやカップルや数人のグループが待ちかねたように乗り込んで、車内はたちまち人であふれた。バスの重量は一気に倍になった。

「右に曲がりまーす」

出発するとすぐに運転手さんがいった。ロータリーをぐるっと曲がると、大きな観覧車が目に入った。今やすっかりおなじみのよこはまコスモワールドの大観覧車だ。大さん橋の上からも見えていた。大きいだけあっていろんなところから見える。まるで富士山だ。観覧車の真ん中にある電光掲示板の時計は6:07を示している。

みなとみらい大通りをバスは走る。「4丁目駐車場」という不思議な名前のバス停を通過すると、次は「アンパンマンミュージアム入口」だ。人が大勢乗ってきた。子どもよりも若い人が多い。アンパンマンミュージアムはどこにあるのだろうと窓の外を覗いたが、それらしいものは見当たらなかった。

広い駐車場の向こうに猫の目玉が描かれた劇場がある。劇団四季のキャッツ・シアターだ。東京のキャッツ・シアターは知っているけれど、横浜にもあったのか。「新《しん》高島《たかしま》駅前」のバス停を通過すると、次は「マリノスタウン前」だ。横浜マリノスの練習場らしい。雨の中、グラウンドで走っている人の姿が見えた。

「個人プレーしかできないんだよ」「こないだ弟の誕生日で」「昼休みにカフェみたいなとこ入ったらスコーンがすごくおいしくて」まわりの人たちの会話が車内に響く。大勢の人がせまい車内で同時に喋るからやかましいことこの上ない。対照的に窓の外はひっそりしている。広大な敷地の中に「展示ホール」というバス停があり、大きな建物がぽつりぽつりとある。人の姿はほとんどない。バス停で乗り降りする人もいない。大観覧車がどんどん大きくなっていく。左手には本を開いたような形のインターコンチネンタルホテル。旅行のパンフレットでよく見るホテルだ。

「ワールドポーターズ」というバス停にとまった。八人降り、倍以上の人が乗ってきたので車内はぎゅうぎゅう詰めになった。初めて聞く名前だけれど、ここはいったい何だろう。巨大な建物がバス停の真後ろにあり、バスを降りた人は皆その中に吸い込まれていく。出てくる人が大きな紙袋を提げているところを見ると、ショッピングビルなのだろうか。横浜と東京は近いのに、なかなか情報は入ってこない。わたしが知らないだけだろうか。

「後ろ座れますよー」

バスの後方から男の大きな声がした。立っている人に、空席があることを教えているのだ。なかなか親切な人ではないか。みんなどこまでいくのだろう。何も決めずにバスに乗っている人はわたし以外にもいるのだろうか。赤レンガ倉庫の前にきた。地面にへばりついている緑色のものが、バスの傍らでぴょこんと動いた。カエルだと思った。大人の握りこぶしぐらいの大きなカエル。こんなところにいると車に轢《ひ》かれると思ったが、よく見るとどこからか飛んできた葉っぱだった。きょうは雨だけでなく風も強いから木の葉も吹き飛ばされるのだろう。

降車ボタンが押され、バスは停まった。続々と人が降りていく。暇に任せて数えてみたら十八人が降りていった。赤レンガ倉庫では時々ダンスなどのイベントが開かれる。バスを降りた人たちは何かのイベントにいくのだろうか。それとも独特のたたずまいに惹かれて立ち寄るのだろうか。

「後ろあきましたよー」

後ろのほうでまた声がした。さっきと同じ声だった。よくよく親切な人と見える。十八人が降りてもまだ立ったままの人もいる。

中央に塔がある荘厳なビルの前を通った。旧神奈川県庁だ。あれ、この建物さっきも見たぞ。大さん橋から馬車道駅に向かう途中で確かに見た。このバスは一筆書きみたいに同じ道は二度通らないものと勝手に思っていたけれど、そうではないらしい。「新県庁前」で四人降り、次の「日本大通り」で二人降りた。大さん橋を出てからそろそろ五十分だ。おなかもすいたし、バスにも飽きてきた。中華街に着いたらバスを降りよう。

「わあ、素敵なパン屋さん」

若い女の声がした。急いで窓の外を探したが見つからない。もう通り過ぎてしまったらしい。

「あんなお店で働きたいなあ」

「俺もパン大好き。食パンとか」と若い男の声。こういうときはもっとシャレた、舌をかみそうなパンの名前をいうのだろうと思ったが、食パンでいいのか。飾り気がないカップルだ。そういうカップルのほうがうまくいくのかもしれない。

「次は中華街です」待ちに待ったアナウンスがようやく聞こえた。すかさず誰かが降車ボタンを押した。みんなおなかがすいているのだな。バスが停まると我先にと降りていく。わたしの隣の人も前にいる人も立ち上がった。おいしそうなにおいがどこからか流れてきた。それに引っ張られるように乗客はどんどん降りていき、わたしもバスのステップを下りた。雨は上がり、傘を開く必要はなかった。一時間ぶりに踏む大地が心地よかった。たった百円で横浜のベイサイドエリアを堪能できる「あかいくつ」。周遊バスだから何時間でも乗れるところが素晴らしい。機会があればまた乗ってみたい。この次はびしょぬれではなく乾いた靴で乗れるといい。

真夏のめぐりん

横浜市営交通の観光周遊バス「あかいくつ」に乗ったからには、「めぐりん」に乗らないわけにはいかない。「めぐりん」は東京の台東区《たいとう》を循環する小型のバスだ。以前から時々見かけてはレトロなデザインが気になっていたけれど、なかなか乗る機会がなかった。

この名前、もう少し何とかならなかったのかとめぐりんを見るたびに思う。循環するから「めぐりん」なのだろうけど、「あかいくつ」に名前では負けている。台東区は上野動物園、不忍池《しのばずのいけ》、谷中《やなか》、浅草、吉原大門《よしわらおおもん》など観光スポットには事欠かない。パンダ号とか観音号とか蓮《はす》の花号とかほかに名付けようがあったのではないか。「めぐりん」なんて血のめぐりをよくする薬みたいではないか。

いやいや、名前にケチをつけてはいけない。乗り心地がよければそれでいいのだ。

パンダ号や観音号という名前が「めぐりん」より素敵というわけでもないし。

めぐりんにはどこで乗れるのだろう。谷中を散歩しているとき、めぐりんを何度か見たことがある。浅草でも見たし、上野駅の近くでも見た。そのたびにわくわくし、後ろ姿をうっとり見送った。でも見かけるのはいつも走っているめぐりんで、バス停にいるのを見たことはない。もしやめぐりんはノンストップで走り続けるのだろうか。

台東区のホームページを覗くとめぐりんの全貌が明らかになった。何とめぐりんには南めぐりんと北めぐりん、東西めぐりんの三つがあった。別府《べっぷ》温泉の地獄めぐりみたいだな。南めぐりんは上野から御徒町《おかちまち》、田原町《たわらまち》、合羽橋《かっぱばし》などを回って上野に戻る。北めぐりんは浅草駅から吉原大門、三ノ輪《みわ》、入谷《いりや》駅などを巡回して浅草に戻る。東西めぐりんは台東区役所から千駄木《せんだぎ》、谷中、上野、浅草などを回るコースのようだ。はて、どのコースを選んだものか。三ついっぺんに乗れたらいいけどそれは無理。どれか一つを選ばないと。

バス停の名前をいくらにらんでも、どのコースがいいかわからない。バス停の数はぱっと見たところ南めぐりんは二十六、北めぐりんは三十七、そして東西めぐりんは最多の三十八だ。これで決まった。まずは東西めぐりんだ。循環バスだから、どのめぐりんも何時間でも乗っていられる。でもバス停の数が多いほうがたくさんの景色が見える気がする。欲張りなわたしとしては、東西めぐりんを選ぶしかない。と思いつつ路線図をよく見ると東西めぐりんのバス停には重複しているものが五つある。ということはバス停の数は三十三で北めぐりんに負けてしまうが、北めぐりんは一周約四十五分、東西めぐりんは約九十分。やはり東西めぐりんに乗ろう。

東西べるりん、じゃなくてめぐりんにはどこから乗ればいいのだろう。路線図を調べると地下鉄の千駄木駅のそばにバス停があり、わたしの家からはここが一番いきやすい。

丸ノ内線と千代田線を乗り継いで千駄木の駅に着いた。めぐりんの乗り場を駅員さんに尋ねると、階段を上がって右とのことだった。地上に出るとたちまちむっとする熱気に包まれた。車内は涼しかったから忘れていたが、今は夏の真っ盛りなのだった。

駅員さんの言葉に従って右手にいくとバス停があった。が、それは路線バスのバス停で、めぐりんはここには停まらない。めぐりんのバス停はどこ？　もっとどんどん右にいけばいいの？　周囲をきょろきょろ見回したけれど、それらしいものは見当たらない。猛暑の中を、バス停を求めてさまよいたくはなかった。すぐそばに洋装店があった。

「すみません。めぐりんのバス停はどこでしょうか」

店頭でワゴンの商品をそろえている女性に訊いた。女性は斜め前方を指さして「あそこに『糸』という看板があるでしょう?」といった。糸? どこですか? あそこってどれぐらいあそこでしょう? 真剣に探すけれど見つからない。「ほらあそこ」「あ、ありました」ようやく見つけた。「あの『糸』の前がバス停ですから」「ありがとうございました」にこやかで感じのいい人だった。

信号を渡って「糸」の前のバス停にいく。周辺には日陰がなかった。直射日光を浴びながら長時間待たされるのはつらいと思ったが、時刻表を見ると五、六分後にバスがきそうだった。まぶしい太陽に顔をしかめて待っていると、まもなく右手から小さなバスがやってきた。よしよしと思ったのも束の間、何となく様子がおかしい。近づいてくるのはちっともレトロではなく、鮮やかな赤いバスなのだ。モデルチェンジをしたのだろうか。こんなの、ちっともめぐりんじゃないやい。一台待とうと思ったが、次にくるのがレトロとは限らない。レトロなめぐりんを待ちながら何本もバスをやり過ごすうちに、暑さでぶっ倒れるかもしれない。わたしはさっさと妥協してレトロではないめぐりんに乗り込んだ。料金はあかいくつと同じ百円だ。が、あかいくつと違ってパスモは使えない（現在は使用可能）。わたしは料金箱に硬貨を落とした。せまい。めぐりんはあかいくつよりせまく、座席の数も少なく感じられた。運転席の後ろに数人が横向きに座るシート、通路をはさんで反対側に前向きに座る椅子が二つ。車体の中央に二、三の席があり、一番後ろに五人ほどが座れるシートがあった。合計すると二十数席だ。見た目は小さくても車内は広いだろうと勝手に想像していたが、そんなことがあるはずはなかった。

車内はすいていた。暑いさなかに台東区を回る人は少ないのだろうか。運転席の真後ろに座りかけたが、優先席シールが貼ってあることに気づいた。通路の反対側にいくとそこにも優先席のシール。もしや全席優先席かと思ったが、真ん中や後部の座席はそうではなかった。

出発して最初の角をバスは左折した。谷中のほうにいく道だ。ゆるやかな坂道を上がっていくと赤いよだれかけをしたお地蔵さんが並んでいた。隣に初音《はつね》幼稚園。さらに坂を上がると建築現場があり、日焼けした男たちが汗をかきながら働いている。その先の寝具店のガラス戸には「花ござそろいました」という白い貼り紙。ああ、夏らしい貼り紙だな。そういえば幽霊画のコレクションで知られる全生庵《ぜんしょうあん》もこの坂道の途中にあるはずだ。ぼんやりしているうちに通り過ぎてしまったけれど。谷中名物「愛玉子《オーギョーチイ》」の黄色い看板が見えてきた。愛玉子はつるんとしたゼリーみたいな食べ物だ。もともと台湾のものらしい。下車して久しぶりにお店に寄りたい気もするが、今乗ったばかりだから我慢しよう。

何やらいわくありそうな木造の建物が見えてきたと思ったら、「次は旧吉田屋酒店でございます」というアナウンスが流れた。酒屋がバス停になるなんてどういうことだろう。旧というからには、もう酒屋はやめてしまったのかな。バスが右折すると店頭にビールを並べた店があった。あれれ、さっきの古い建物ではなくこっちが旧吉田屋酒店なのだろうか。店をやめたあともお得意さんのためにビールだけ販売しているのだろうか。何もわからないうちに酒屋の前を通過し、大きなマンションの前に差し掛かる。広い敷地に建つ豪華なマンションだ。外壁の柄がニシキヘビを想像させる。

「生活環境を変えなきゃだめらしいの。すぐに引っ越しなさいと医者には言われてるんだけど」

前の席の女性がそんな話をしている。二人とも普段着だ。この界隈に住んでいる人たちだろう。観光客が多いあかいくつとは違い、めぐりんは台東区民の足でもある。乗ってきたと思ったら、二つ三つ先のバス停であっさり降りていく人もいる。百円だから気軽に乗り降りできるのだろう。

窓の外にはせまい道が続く。でもめぐりんは小さいからへっちゃらだ。左手に学校の校舎が見えた。中学か高校のようだ。その先にあるマンションのベランダに、髑髏《どくろ》のバスタオルが干してある。髑髏の柄は、夏は涼しそうでいいな。

「鷗外《おうがい》旧居跡」というバス停の前に水月ホテル鷗外荘という旅館があり、天然鷗外温泉と書いてある。こんなところに温泉があるなんて。まさか鷗外が発見した温泉ではないだろうな。この温泉に入ったら鷗外の文才を分けてもらえるかもしれない。今度こっそり入りにこよう。

少しいくと急に緑が増えた。青々とした蓮の葉が右手に見える。不忍池だ。蓮の葉っぱは繁っているけれど、花の季節はもう過ぎたろうか。強い日差しの中を歩く人たちは日傘をさしたり、帽子をかぶったりしている。めぐりんの中はクーラーが利き過ぎて寒いぐらいだが、窓の外は灼熱なのだろう。「次は不忍池弁天堂です」というアナウンスが流れた。乗る人も降りる人もないまま通過した。

娑婆《しゃば》に出た。と思ったら上野の街が広がっていた。行き交う人が増え、交通量が増え、騒音が増え、人の欲望を刺激する店がいきなり増えた。アメ横は、戦後、食料が十分になかった頃この地で飴が売られていたことからその名がついたという説がある。とアナウンスが流れた。食料がない時代があったなんて、今の東京からは想像できない。上野恩賜《おんし》公園の石段の下に手相見の小さなテーブルと椅子がぽつんと置かれている。ところが肝心の手相見がいない。冷たい飲み物でも買いにいったのだろうか。宝くじ売り場の窓口に黒いビジネスバッグを提げた男がいる。暑い日でも人は宝くじを買うのだな。そういう日に買うと当たるのだろうか。JR上野駅のホームが見える坂道をバスは上がっていく。前がつかえているからのろのろ運転だ。

ようやく上野公園の入口まできた。平日なのにたくさんの人が公園の緑の中を歩いている。美術館にいく人も動物園が目当ての人もここを通って目的地に向かう。とかいとり、とかいとり。小さな子どもが前のほうではしゃいでいる。ほんとねえと母親らしい人がいう。右手の窓の向こうにスカイツリーの姿がある。そうか、あの子はスカイツリーといいたかったのだな。小さい子にはスカイツリーの発音は難しいらしい。「スカイツリーシャトル」とお尻に書かれた青いバスがめぐりんの前に停まっている。

上野と浅草と東京スカイツリーを結ぶバスだ。

ようやく「上野駅・上野公園」のバス停に着くと、おしゃれなTシャツを着た青年が銀色のキャリーバッグを抱えて乗り込んできた。続いて乗ってきた中年の女性は「パスモ使えますか」と運転手さんに訊く。「使えません」といわれ、あわてて財布を探す。このやり取り、毎日のように繰り返されていることだろう。使えるようになると便利なのに。

周辺には観光バスが何台も停まっている。神奈川中央交通、黄色いはとバス、ヤサカ観光、富士急行、東都《とうと》観光。車内ががらっぽのところを見ると、お客さんは美術館や博物館を見学中なのだろう。再び走り出しためぐりんはJRの線路に架かった橋を越えた。眼下に十本以上の線路が見える。山手線、京浜東北線、常磐《じようばん》線、東北本線などの線路だ。初めて見る色の電車も停車している。北に向かって走る電車かもしれない。

昭和通りに出た。真上に高速道路がのびている。その足元を遠慮がちに走っていくとエルビス・プレスリーが現れた。白いスーツに赤いレイ、マイクを握るエルビスがなぜかビルの外壁に大きく描かれている。千駄木には壁に毛沢東の顔がでかでかと描かれたラーメン屋があるけれど、それと関係あるのかな。

オートバイやカー用品の店が多い道をバスはいく。やがて左折すると台東区役所があった。初めて見る台東区役所は白い高層ビルだった。青いアロハシャツに短パン姿の中年男が「浅草いきますよね?」と運転手さんに尋ねた。「いきます」という返事を聞くと、後ろにいた年配の白人カップルを促して三人でめぐりんに乗ってきた。カップルを一番前の優先席に座らせ、アロハ男はわたしの隣に腰掛けた。この人たちはどういう関係なのだろう。友人にしてはよそよそしい。アメリカから観光にきた夫婦と、日本人ガイドではないかと思った。

台東区役所のバス停では、東西めぐりんと南めぐりんの乗り継ぎが無料でできる。外国人夫婦は区役所に用事があったわけではなくて、ガイドに案内されるまま南めぐりんから東西めぐりんに乗り換えたのだろう。大柄の二人は窮屈そうに座席にからだを押し込めている。「ずいぶん小さいバスね」「日本人は小さいからこれぐらいがちょうどいいんだろう」「小さいバスに乗っているから日本人はいつまでたっても小さいままなのよ」「ビジネスクラスがあればそちらに移りたいところだが、そんなものはなさそうだ」小声で二人はこんなやり取りをしている(と思う)。

台東区役所から浅草まではたいした距離ではない。三人だし、お客は年配なのだからタクシーを利用すればいいのに、アロハ男はタクシー代をケチったのだろう。浅草では浅草寺《せんそうじ》にいくんだろうな。あそこはタダで入れるもの。お夕飯もケチってホッピー通りで安くあげようという魂胆だろう。

ガラス張りのきれいな学校に差し掛かる。その先を右折すると、真正面にスカイツリーがそびえている。倒れてきたらめぐりんがぺちゃんこになりそうなぐらい近くに見える。スカイツリーに向かってバスは走る。左右には住宅や小さな店舗が並んでいる。かっぱ橋道具街を横断したあとも、吸い寄せられるようにスカイツリーに向かって走る。細い道の両側にはふぐだのどじょうだのとんかつだのといった飲食店がある。まもなく大きな通りに出た。国際通りだ。よくもこんな名前をつけたものだと国際通りにくるたびに感心するが、昔この通りには浅草国際劇場という大きな劇場があった。それでこういう名前になったらしい。

国際通りを走るうちにそわそわしてきた。国際人になったような気がしたわけではなくて、飲食店の数がぐんと増え、目移りするほどになったからだ。江戸時代の前から浅草は賑わっていた。最盛期はとうに過ぎてしまったけれど、くればやっぱりこころがはずむ。

雷門通《かみなりもんどお》りにぶつかるとめぐりんは左折した。このままいくと雷門の大きな提灯がある。門をくぐって仲見世通りを歩けば突き当たりは浅草寺の境内だ。隅田川にいけば水上バスの乗り場がある。めぐりんに乗って千駄木駅まで戻るつもりだったけれど、浅草寺を素通りすると観音様に怒られるのではないか。お参りしてお賽銭の一つもあげるのが都民としてのつとめだろう。アロハ男に連れられた外国の人でさえ浅草で降りようとしているのに、日本人のわたしが降りないわけにはいかない。観音様にお参りしたあとお蕎麦でも食べて、それからまためぐりんに乗ってもいい。何といっても百円だから気軽に乗り降りできる。

何度でも自由に乗り降りできる三百円券を買えばよかった。そしたら谷中で降りて愛玉子を食べたり、上野公園で降りてゾウやカバを見たりできたのに。今度乗るときは三百円券を買うことにしよう。アロハ男に負けず劣らず、わたしもしっかりケチくさいことを考えているのだった。

ざわざわ

下北沢の駅からまっすぐ茶沢通《ちゃざわどお》りに出てザ・スズナリ（小劇場）に向かって歩くと、左手に北沢タウンホールがある。コンサートや芝居などが上演される世田谷《せたがや》区の多目的ホールだ。この建物の一階に小田急バスのターミナルがある。ターミナルと呼ぶにはささやかな、バスが三台停められるだけのスペースだが、駒沢陸橋いきのバスはここから出発し、またこの場所に帰ってくる。

北沢ホールの前を通るたびに、停車しているバスが目に入る。バスは一台のこともあれば二台のこともある。そろそろ発車しますよという顔で運転手さんは運転席に腰掛けている。早く出ればいいのにという顔で乗客たちは座っている。扉は大きく開いている。駒沢陸橋には何の用もないけれど、ふらふらとバスのステップを上がった。

午後のバスはすいていた。みんな余裕のある表情でおっとり席に着いていた。下北沢まで買い物にきた人もいれば、これから三軒茶屋《さんげんぢやや》に買い物にいく人もいるだろう。圧倒的に女性が多い。若い人より中高年が多い。全員このバスの常連のような雰囲気だ。

発車時間がくるとバスは茶沢通りを走り出した。十秒ほどで早くも次の「下北沢駅前」のバス停だ。降りる人も乗る人もいないまま通過する。ここでぼんやりバスを待つぐらいなら、始発の「北沢タウンホール」まで歩いて乗るのだろう。

茶沢通りをバスはいく。このあたりはわたしが下北沢にきたときの散歩コースだ。入ったことのあるラーメン屋、入ったことのある雑貨店、入ったことのあるバーの前をバスは順々に通り過ぎる。いつも歩いて通る道をバスの窓から眺めるのはくすぐったい。

代沢三叉路《だいざわさんさろ》の近くの「代沢五丁目」のバス停で一人乗せたあと、バスは「代沢小学校」に向かう。若き日の坂口安吾がここで代用教員をしていた。この学校の前を通るたび安吾の姿を探してしまう。安吾がいたのは九十年近く前だから、見つかるはずはないのだけれど。

次のバス停は「代沢十字路」だ。茶沢通りと淡島通《あわしまどお》りが交差する十字路の角に大きなスーパーが建っている。スーパーの前には大きな犬がつながれて、飼い主が出てくるのを待っている。三叉路とか十字路とか五丁目とか、数字が多い路線だな。これから向かうのは三軒茶屋だし。

茶沢通りの「茶沢」は三軒茶屋の「茶」と下北沢の「沢」をくっつけてできた名前だ。覚えやすいけど安易な気もする。ほかの名前はなかったのだろうか。とはいえ茶沢通りの雰囲気は悪くない。道幅がせまく（片側一車線）、時々ゆるくカーブし、古い建物も残っている懐かしい町並みだ。

右手に銭湯の高い煙突が見える。湯気の立つ大きな湯船がまぶたに浮かび、気持ちがなごむ。

「太子堂《たいしどう》」のバス停で停車する。年配の女性が時間をかけてゆっくりバスを降りた。何やら楽しそうな店が窓から見える。本やレコードやバッグや食器、雑多なものをたくさん並べて売っている。リサイクルショップだろうか。

道の両側に店舗が増えてきた。パン屋、ケーキ屋、カレーショップ。どんどん増えていった先に「三軒茶屋銀座」のバス停がある。何々銀座という地名は日本各地にあるけれど、三茶にもあるんだな。ぞろぞろと乗客が降り、数人が乗ってきた。道の反対側に「北沢タウンホール」いきのバス停があり、長い列ができている。ランドセルを背負った女の子も真面目な顔で並んでいる。美容院、楽器店、旅行代理店、不動産屋。商店街の後ろにそびえる高層のキャロットタワー。この中にも劇場があり、芝居やダンスが毎日のように上演されている。下北沢で芝居のマチネを観たあと、バスで三軒茶屋にいきソワレを観る人もいるだろう。

にぎやかな雰囲気に誘われてバスを降りたくなる。終点の駒沢陸橋のあたりに何もないのは知っている。三軒茶屋で下車して散歩したり喫茶店に入ったりするほうが楽しいに決まっている。でもまだ十分ほどしかバスに乗っていない。下北沢から三軒茶屋までは意外に近いのだ。遠回りして走ればいいのに。このままバスに乗るか、降りて散歩するか。迷っているうちにバスのドアは閉まってしまった。

せまい茶沢通りを抜けてバスは広い道に出る。世田谷通りを右手に見ながら玉川通りに入り、右に進む。頭の上を高速道路が走っている。片側三車線の道を、周囲の車にせかされるようにバスはスピードを上げて走り出す。さっきまでののんびりした雰囲気は消え、乗客の表情も引き締まっている。「中里《なかざと》」というバス停を過ぎた。ほこりっぽい玉川通りをバスは黙々と走る。まもなく環七にぶつかる。左折すると「上《かみ》馬《うま》」のバス停があった。このバス停はよく知っている。知り合いの家がこの近くにあるので、環七を北から南に向かう都バスでここまできたことが何度もある。しばらく会ってないけれどみんな元気かな。連れていってくれたおいしい酒どころも確かこの辺にあった。思い出にひたるあいだもバスは走り続け、「野沢銀座《のざわぎんざ》」というバス停でとまった。うへえ、また銀座かよ。一つの路線に二つも銀座があるってどうなの。しかもバスの窓から覗いた限りでは銀座らしい雰囲気ではない。バスから見えない場所に銀座はあるのだろうか。時代とともに寂《さび》れていったのだろうか。商店街の賑わいを維持するのは難しい。

ふと気づくとバスの乗客は消え、運転手さんとわたししか残っていない。よくあることだから別に驚かない。からっぽに近いバスはますます調子よく環七を走る。「野《の》沢龍雲寺《ざわりゆううんじ》」「野沢交番」のバス停を通過して終点の「駒沢陸橋」にあっさり着いた。

下北沢を出たあと代沢、野沢を経て駒沢にきた。ずいぶん「沢」が多い路線だな。代沢は代田と下北沢があわさってできた地名ではあるけれど。「銀座」よりもさらに「沢」は多い。四つとも「さわ」でなく「ざわ」と濁る。ざわざわしている路線だこと。

バスを降りると風がびゅうびゅう吹いている。前にここにきたときもこんな感じだった。目の前の環七を車がスピードを出して走っていくから風が強いと感じるのだろうか。バス停の付近はビルやマンションが建ち並び、一休みできそうな店はない。どうしてこんなところを終点にするのだろう。ただの道ばたで、車庫らしいものもない。このまま真っすぐ環七をいくと東横《とうよこ》線の線路にぶつかる。そこを左にいけば学芸大学の駅、右にいけば都立大学の駅がある。バスがもうちょっとがんばってどちらかの駅までいけば便利になると思うのだけど。小田急のバスが東急の駅とつながってはまずいのだろうか。世田谷区から出て目黒区を走ることが問題なのか。ざわざわ。ざわざわ。風が吹きすさぶ道ばたにたたずんで、さて、これからどうしようとわたしは途方に暮れるのだった。

灯台まで

十一月の中旬に四泊五日で静岡にいった。晴天が続いたので、雪化粧した富士山をほぼ毎日見ることができた。静岡といえば富士山がすぐ連想されるけど、御前崎《おまえざき》灯台もある。灯台守の日々を描いた映画「喜びも悲しみも幾歳月」の舞台の一つになったところだ。断崖に立ち、風雨に耐えながら船の安全を守る灯台には以前から敬意を抱いている。せっかく静岡にきたのだから御前埼灯台まで脚をのばしたかったけれど、時間の余裕がなくてあきらめた。

東京に戻ってからも灯台への思いは残った。というよりかえって思いが強まったので、十二月の最初の日曜、東京駅の八重洲《やえす》口から「犬吠埼《いぬぼうざき》太陽の里」いきのバスに乗った。千葉交通の高速バスだ。終点の一つ手前の「犬吠埼」で下車すると灯台は目の前だ。八年ほど前にもこのバスに乗って犬吠埼灯台を見にいった。小説の取材のためだった。午前中に出るバスに乗って片道二時間半かけていった。犬吠埼灯台は白く美しかった。内部を見学できるので、せまい階段を上り、高い場所から太平洋を見渡した。素晴らしい景色だった。海に面して観光ホテルがいくつも建っていた。

今度くるときは泊まりがけもいいなと思ったけれど、今回もやはり日帰りだ。しかも寝坊して十二時十分発のバスに乗り遅れたので、その次に出る一時二十分発のバスに乗った。灯台に着くのは四時頃だからあまりゆっくりできそうにない。

バスの乗客は少なかった。通路をはさんで二人ずつ座る観光バスのようなシートに、十数人がいるだけだ。グループやカップルはいない。全員一人で、思い思いの席にばらばらに座っている。みんな灯台を見にいくのだろうか。何だか寂しい話だな。

銀行が多い八重洲通りは日曜だから閑散としていた。バスはすぐに首都高速に入った。日本橋川が眼下に見える。屋根のない舟の上でフラッシュがたかれる。何かの撮影をしているらしい。左手にスカイツリーが見えてきた。スカイツリーはどこからでも見えるから困る。つい気を取られて、ほかのものを見逃してしまう。隅田川を越えた。高速道路の左右の壁がまもなく高くなり、まわりの風景が見えなくなった。壁の上から覗くマンションのベランダに布団が干してある。日本らしい光景だ。どんなに立派なマンションでも布団をベランダに干す人はいる。美観を損ねると怒る人もいるけれど、おひさまに当てたい気持ちはわかる。

広い公園が見えてきた。夢の島公園だろうか。樹木は美しく紅葉している。その先にこんもりした林が現れた。こちらの木々は緑色だ。常緑樹という言葉が浮かぶ。冬でもまさに緑色のままだ。右手には線路がのびている。その先には海が光っている。東京湾かな。巨大な観覧車が前方に見えてきた。葛西臨海公園の観覧車だ。次から次へと豪華な眺めが続く。何と贅沢なバスだろう。八年前にもバスでここを通ったけれど、ほとんど何も覚えていない。記憶力が悪いと同じ景色を何度も楽しめるからいいな。

ほかの人たちも景色を楽しんでいるかしら。周囲を見ると、通路をはさんで斜め前の男性は手帳に何か書きつけている。その前にいるオレンジ色のダウンベストを着た青年は本を読んでいる。わたしの二つ前にいる黒い頭はだんだん斜めになっていく。多分眠っているのだろう。せっかくバスに乗ったのに誰も景色を見ていない。みんなこのバスの常連なのだろうか。

「おう。俺俺」

後ろでいきなり声がした。

「さっきハヤテのとこいった。うん。いやダメ。新しいのは無理って」

ハヤテとは誰。

「うん。いや、それは聞かなかった。え、マルブツか。どうかな。いっぺん当たってみる?」

マルブツとは何。

電話の声に反応しながら、今までバスの中がしんとしていたことに気がついた。乗客はみんな黙っているし、高速をノンストップで走っているから次のバス停を知らせるアナウンスもない。このままだと日本語を忘れそうだ。

道路はすいている。バスは快調に走り続ける。オープンカーが左側からやってきて追い抜いていった。運転していたのは目のぎょろっとした中年男だ。十二月にオープンカーは寒いだろうに。目立ちたがり屋なのかな。品川ナンバーだし。緑色の車体だし。続いてオレンジ色のバスがわたしたちのバスを追い抜いていった。津田沼《つだぬま》方面いきと書かれている。そんなものに負けたくはない。すぐに抜き返してやるぜと思うが、なぜか差は広がるばかり。抜けー、抜けーと念じるけれど運転手さんには通じない。

倉庫や工場が並ぶ一画が現れた。一つ一つの建物がおもちゃのように見える。また品川ナンバーの車が追い抜いていった。この高速は品川ナンバーに人気なんだろうか。道の左右に大きなビルが増えていく。富士通やＩＢＭの看板が見える。右側を見ていると左側の景色が見えないし、左側を見ていると右側の景色が見えない。昆虫みたいに顔の左右に目玉がついていたら両側の景色を見られるのにな。

オレンジ色のバスが前方に見える。さっき抜かされた津田沼方面いきに違いない。ちょっと疲れてきたのだろうか。ここで抜き返してやれ。運転手さん、もっとスピード出しましょうよと念じるけれどやはり通じない。それどころか、後ろからきた軽トラックにさえ抜かれてしまった。足立《あだち》ナンバー。何たることだ。袖ヶ浦《そでがうら》ナンバー。習《なら》志野《しの》ナンバー。千葉ナンバーの車がいつのまにか増えている。どいつもこいつも「お先にー」とあっさりバスを抜いていく。成田空港いきの東武バスにまで抜かれてしまった。安全運転にもほどがある。

富士見橋。中志津橋《なかしづばし》。萱橋《かやばし》。高速道路をまたいで造られた橋が、前方の少し高いところに次々に現れる。短く簡素な橋なのに、一つ一つに名前がついている。茶屋橋。長岡橋。木野子橋《きのこばし》。どれも歴史を感じさせる。地名にちなんでつけられたのだろうか。

名前を一つ一つ確認しながら橋の下をくぐる。

はあくしょい。派手なくしゃみが後ろで聞こえた。さっき電話をしていた人だろう。わたしより後ろにいるのはその人だけだ。がたがたっと音がしたので振り返ると、その人が立ち上がってドアを開けていた。非常口かと思ったがトイレのドアだった。そうか、このバスにはトイレがあるのか。乗っている時間が長いものな。

「ご乗車お疲れ様でした。次はダイエイ、次はダイエイでございます」

車内アナウンスが聞こえた。乗車して一時間。八重洲口を出て初めてのバス停だ。ダウンベストの青年は、本をたたむとうぐいす色のダウンジャケットを着た。ダウンの上にダウンとは、どれだけ寒がりなんだ。高速を下りてバスはのどかな町並みを走り、やがて小さなバス停で停まった。料金は千六百円。「ダイエイ」は「大栄」だった。青年以外に二人が降りた。乗ってくる人は一人もいなかった。

黒い屋根瓦の大きな家がある。「成田市立」と書かれた小学校がある。そうか、ここは成田市なのか。さっき追い抜いていったバスはもう空港に着いたかな。飛行機に遅れそうな人が乗っていたから急いでいたのかもしれないな。角を曲がると、道の左右は畑になった。「農耕車注意」という標識が立っている。太陽の光が雲間から薄く射して広い畑をあたためている。

「香取市《かとり》」の標識があった。道はせばまり、片側一車線になった。道の両側には木立が続く。それを抜けると「美人の湯カーニバルヒルズ」の看板。何だ、これは。楽しそうな名前だな。美人になれる温泉なのか、美人を集めた温泉なのか。前者ならいってみたい。

次はクリムトに停まりますというアナウンスが流れた。金色の「接吻《せっぷん》」の絵が浮かぶ。画家のクリムトと関係あるのだろうか。表示を見ると「栗源」とある。「クリムト」ではなく「クリモト」と読むんだろうな。料金は千八百円。一つ進んだだけで二百円上がった。結構スリルがある。

キャベツやネギが畑に植わっている。その向こうにはビニールハウスが並んでいる。いちご狩りの看板も立っている。このあたりで育った野菜や果物は東京に運ばれて売られるのだろうな。スーパーなどの売り場には「千葉県産」とあるだけで詳しい地名は書かれていない。

次のバス停を知らせるアナウンスが流れると同時に、降車チャイムが元気に鳴った。革のジャケットを着た女の人が、大丸《だいまる》の大きな紙袋を提げて降りていった。大丸は東京駅に隣接している。この辺に住んでいる人には、大丸はバス一本でいけるから便利なんだろうな。

何だか不思議な気がした。車内アナウンスが変わったような気がする。次のバス停の名前を告げたあと、リクライニングシートとカーテンはもとに戻し、車内で出たゴミは持ち帰るようにという注意が流れた。こんなこと、今までいわなかったぞ。バス停の名前をアナウンスしただけだった。その次のバス停では、ゴミの注意はあったけれどリクライニングのことはいわなかった。注意して聞いていると、バス停ごとに少しずつアナウンスが違う。その次のアナウンスでは忘れ物や落とし物がないように注意し、リクライニングやカーテンをもとに戻し、ゴミは持って帰るようにと三種類の注意があった。うひゃあ、まいった。運転手さんが即興でアナウンスするならまだしも、バス停ごとに注意事項の違うアナウンスをあらかじめ吹き込んでいるのである。そのうち、バスを降りたら寄り道せずにまっすぐ家に帰りましょう、帰ったら手を洗いましょう、ネットで遊ぶのはほどほどにしましょうなんてアナウンスまでするんじゃないか。千葉交通、面白いな。

突然バスが停まった。何のアナウンスもないまま。時計を見ると二時五十六分。ここで運転手さんが交替するのだろうか。首をのばして前方を見ると赤信号が目に入った。久しぶりに信号を見た。高速にはもちろんないし、高速を下りたあともここまでなかった。いや、あったのかもしれないが一度も引っ掛からなかったから信号の存在をきれいに忘れていた。

信号が青になるとバスは再び走り出した。国道126号線に出ると雰囲気が一変した。それまでののどかな風景から、ファミレスやファストフードの店などが並ぶありふれた町並みになった。道は混んでいて、バスは安全運転の極致のようなのろのろ運転になった。前も後ろも車がびっしり並んでなかなか進まない。次のバス停「旭」にようやく着くと、ぞろぞろと五人が降りていった。通路をはさんで斜め前のおじさんも降りた。みんな最初からここで下車する予定だったのだろうか。歩いたほうが早いと思い、バスを降りたのではないだろうか。バスの乗客はわたしを入れて四人になった。「旭中央病院東」というバス停で二人の若い男が降りた。バスに乗っているときは離れて座っていたのに、降りたあとは並んで歩いている。でも言葉は交わさないし、少し距離を置いている。どういう関係だろう。はあくしょい、はあくしょい。豪快なくしゃみが後ろから二連発で聞こえた。バスの乗客は、よりによってこの人とわたしの二人だけになった。

高速を下りたあとバス停の数は増え、車内アナウンスも増えていく。くしゃみ君は降りないし、わたしももちろん降りない。八重洲口を出てから二時間が過ぎ、空は灰色に曇ってきた。そのうち雨になるかもしれない。

「座頭市《ざとういち》物語の碑」と書かれた看板があった。座頭市はこの辺の人だったのか。というか、実在の人だったのか。くしゃみ君は座頭市のファンで、碑を見にきたのかもしれない。次のバス停で降りるかと思ったが、乗ったままだった。

「次は高速三崎《みさき》に停まります」というアナウンスが流れると、勢いよく降車ボタンが押された。ああ、ついに、というかようやくこのときがきた。さよなら、くしゃみ君。くしゃみ君はもう一度トイレにいったあと、ばたばたと降りていった。東京からの料金二千四百円。ここから先はわたしの貸し切りバスになる。

銚子《ちょうし》駅に着いた。平たい駅舎の前のロータリーを回り、大通りをバスはいく。道の両側に商店が並ぶ。銚子名物のぬれ煎餅《せんべい》の看板が気にかかる。左手に海が見えてきた。岸壁に船が停泊し、カモメが飛び交っている。港町の風景だ。時計を見ると四時少し前だ。時刻表には三時四十六分に「犬吠埼」に到着とあったから、予定より遅れている。空には重く雲が垂れ込め、日が暮れて薄暗くなってきた。何だか心細い。雨が降らなければいいけど。

ポートタワーを過ぎてしばらく走ると、海水浴場がある。海は凪《な》いでいるけれど、十二月に泳ぐ人はさすがにいない。海岸線を走ったあと、バスは坂道を上がっていく。海を見下ろすように進んでいくと左手に白い塔が見えてきた。犬吠埼灯台だ。一定の間隔を置いて、びゅっ、びゅっと強い光を海に放っている。沖合三十六キロまで到達する百十万カンデラの強い光。日本有数の美しく頼もしい犬吠埼灯台に東京からバス一本でこられるとは何て素晴らしいんだろう。これで二千五百円は安いものだ（と思うことにしよう）。ありがとう、千葉交通。ありがとう、運転手さん。感謝の気持ちを込めて「喜びも悲しみも幾歳月」を歌いたいところだけれど、歌い終わるより先に灯台の前に到着しそうだ。

前回は早い時間に到着したので灯台の内部を見学できた。確か見学は四時までだから、きょうはもう間に合わない。でも夕闇の中に白く立つ灯台と、はるかに広がる太平洋を見ることができればそれで十分だ。バスに乗って温泉や浅草にいくのもいいけれど、一番いいのは灯台を見にいくことではないだろうか。もちろんこれはバスも灯台も好きな人間の勝手な言い草だけど。

文庫版書き下ろし

とどろき、桃の木

あの日も雨だったなと思いながら、東京駅の前から「等々力操車所《とどろきそうしゃじょ》」いきの東急バスに乗り込む。平日の午後だからか、朝から降り続く雨のせいか、車内はがらがらだ。欧米からの観光客らしき女性が二人、後ろのほうの席でおしゃべりしている。ほかは皆一人で、静かに発車を待っている。わたしを入れて八人の乗客のうち男性は一人、あとは女性。どこに座ろうか少し迷ったあとで、運転席の横の高い席に上がる。

このバスが停まっているのがはるか手前から見えた。「間に合いますように。まだ出ませんように」と祈りながら小走りでバス停まできた。無事に乗り込み、椅子に座ってもバスが動く気配はない。こうなると勝手なもので、早く出ればいいのにと思う。わたしの心の声が聞こえたらしく、「あと三分で発車します」と運転手さんがアナウンスした。こういう時の三分はやけに長い。

前回このバスに乗ったのは三年前の桜の時期だった。コロナ禍の真っ盛りで東京駅の周辺に人影は少なく、バスの乗客はさらに少なかった。運賃は二百二十円だった。今は二百三十円。いろんなものが値上がりしている。あ、運賃箱の上の車内表示器が大きく立派になっている。新しくしたんだな。というか、バスそのものが新しいではないか。十円の値上がりも仕方ないか。

などと考えているうちにようやく扉が閉まり、バスは動き出した。時計を見ると十五時ちょうど。三分の間に乗客が一人だけ増えた。駅前のロータリーをバスがぐるっとまわると、右手に見えていた赤煉瓦の東京駅が左手に移動した。そのまま線路の高架に沿うようにバスは走る。

黄色いはとバスが一台停まっている。この辺りに乗り場があるのだ。バスの中は暗くて人の気配はない。こんな中途半端な時間に出発するツアーはないだろうから、夕方以降の出発に備えて待機しているのかな。

東京駅を出るとすぐ「東京国際フォーラム前」のバス停だ。降車ボタンを押す人はなく、乗ってくる人もいないまま通過。正面に皇居の緑が見える。その上に広がる灰色の空。雨のせいで街は薄暗いけれど、これぐらいのほうが気持ちが落ち着く。次の

「馬場先門《ばばさきもん》」で四十代ぐらいの男性が一人乗ってくる。降りる人はいない。この辺りは皇居に近く、桜田門や半蔵門などいくつも門がある。馬場先門はこの二つに知名度で負けているように思うけど、わたしが知らないだけかな。

ところで東京駅を出た直後から奇妙な音が聞こえている。ザブースカ、ザブースカという、カバのいびきのような音。エンジンの調子が悪いのだろうか。別のバスが用意され、そちらに移ることになるのだろうか。それはちょっと面倒だな。運転手さんは何も言わない。これぐらいの不調はどうってことないのかな。

「日比谷」でも乗り降りする人はない。交差点で信号が赤になり、バスは停まる。西鉄運輸のトラックが目の前を横切っていく。福岡に実家があるわたしには西鉄は身近な存在だ。母が高齢なのでここ数年は毎月帰省し、そのたびに西鉄バスに乗る。西鉄運輸のトラックにはまだ乗ったことがない。

窓の右には日比谷公園、左には帝国ホテル。その間をバスは「内幸町《うちさいわいちょう》」のバス停へと向かう。昔、内幸町を「ないこうちょう」と読んだ知り合いがいたけれど、確かに読みにくい。この辺りは、江戸時代は「幸橋内」、昭和初期までは「内山下町」と呼ばれており、両方から一字ずつ採って「内幸町」にしたらしい。読みにくいのは強引な名前の付け方のせいかもしれない。「鬼は外、福は内」みたいな名前だし。紀伊徳川と尾張徳川と井伊徳川から一字ずつ採った紀尾井町《きおいちょう》も強引だ。

あれっ、「小滝橋《おたきばし》車庫前」いきの都営バスが停まってる。小滝橋車庫は高田馬場の近くだ。こんなところで会うなんて地獄で仏、とは言わないか。そういえば新橋駅で「小滝橋車庫前」いきのバスを見たことがある。あのバスがここを通るんだな。新橋から小滝橋車庫まで電車一本ではいけない。電車がつながない場所をバスはつないでくれる。わたしが今乗っているバスもそうだ。東京駅から等々力まで電車でいこうと思えば、JRと私鉄を乗り継がないといけない。バスだと一本。ちょいと時間はかかるが、電車を乗り継ぐより安い。

乗る人も降りる人もないまま「内幸町」を通過。読みにくいから人気がないのかな。次は「経済産業省前」。ふつうは「経産省」と略すけど、バス停は正式名称なんだな。「経済産業省前、経済産業省前、経済産業省前……」、早口で繰り返すと念仏のようだ。バスが停まると初老の男性がむっつりした顔で乗り込んできた。その人が座ってもバスは出ない。疲れたんだろうか。バスあるいは運転手さんが。東京駅を出てまだ十分もたってないのに。ふと車内表示器に目をやると「あと二分で発車いたします」とある。乗り降りする人が少ないから予定より早く着いたんだな。

暇にまかせて運転手さんを観察する。三十代前半。帽子・マスクなし。短髪。誠実で穏やかで真面目そう。運転や接客は今のところ丁寧だ。この先、豹変するかもしれないが。運転席の横には感染防止のための透明なアクリル板。日ごろよく乗る京王バスはビニールシートで仕切られているけれど、東急バスは違うんだな。

運転手さんの名前は車内に見当たらない。法律が変わり、掲示義務がなくなったとどこかで読んだ。京王バスは今のところ運転席の上に名前が書かれたプレートがあったり、車内表示器に名前が表示されていたりする。そのうち京王バスからも運転手さんの名前は消えるかもしれない。

気づけば表示は「あと一分で発車いたします」に変わっている。「あと百分で発車いたします」だとイヤだな。バスの前に白いタクシーがすっと入り込んだ。後ろのドアが開いてスーツを着た若い男性が二人降り、目の前の大きなビルに吸い込まれていった。これが経済産業省の建物なのかな。似たようなビルばかりでわからない。ビルにこそ大きな名札を目立つところにつけてほしい。

いつのまにかカバのいびきは消えている。よかった。一時的な不調だったらしい。

雨はまだやまず、道をゆく人は天に傘を突き立てるように歩いている。天気予報では雨は夕方には上がると言っていたけど、本当だろうか。「発車します」。扉が閉まり、バスはようやく動き出した。やれやれ。出発を待つのも疲れるな。ぼんやり座ってるだけだけど。

「虎ノ門一丁目」。降車ボタンは押されてないが、バスは停車した。扉が開いたけれど誰もいない。何なのだ？　空気の入れ替え？

この辺り、変わったよなあ。昔の姿をよく覚えてないけれど、もっとのどかな街並みだった。虎ノ門ヒルズができてすっかり変わった。空がせまくなり、圧迫感がある。バス停を含めて「虎の門」は「虎ノ門」になったが、室生犀星《むろうさいせい》が亡くなった虎の門病院は昔の表記のままだ。

「西新橋二丁目」。右手前方に赤いタワーがぬっと現れた。東京タワーだ。間近で見るとやはり大きい。バスの窓からは一部しか見えない。雨の中で旅行者らしき男性が写真を撮っている。バスのドアが開くとシニアの男性と中年の女性が続けて乗ってきた。お連れのような、違うような、微妙な距離感。振り返ると二人は少し離れて座った。やはり他人同士なのか。でも家族や知り合いでも離れて座ることがあるしなあ。

いやいや、人のことを詮索してはいけない。

車内表示器に「愛宕山下《あたごやました》」と出た。待ってました！　と声をかけたくなる。何を待ってたのかよくわからないが、名前が好きなのだ。愛宕山の山頂の愛宕神社に向かうものすごく急な石段は、「出世の石段」と呼ばれている。その昔、山の上に梅が咲いているのを見て「誰か馬で梅を取ってくる者はおらぬか」と三代将軍の徳川家光が言った。家臣の一人が馬で石段を駆け上がり、梅の枝を取ってきた。彼は馬術の名人として一躍有名になったという。頑張ったのは馬なのに。馬も出世しただろうか。

何年か前、ここを歩いているとき、「出世の石段」を上ってみようかと思った。でも下から見上げるとあまりにも急で、あまりにも長い。ためらっていると小学生の男の子がすたすた上り始めた。出世はその子に譲ることにして、わたしは静かにその場を去った。

大正の末、日本でラジオ放送が始まったとき、拠点となる東京放送局が建てられたのも愛宕山だった。海抜約二十六メートルのこの山にはいろいろな歴史がある。なのに、このバス停で降りたのは男性一人だけだった。

「慈恵会《じけいかい》医大前」で髪の長いパンツ姿の女性が乗ってきた。軽くて大きいトートバッグを肩から下げている。その人は運転席のすぐ後ろに乗った。つまり通路をはさんでわたしの真横。東京駅を出てからそこはずっとあいたままだった。この人はきょう初めてのお客さんだ。多分わたしだけがそのことを知っている。

もしかするとこの人の家族は慈恵医大病院に入院していて、着替えなどをバッグに詰めて届けてきたのかもしれないな。帰り道はバッグが軽いから、一段高い最前列に座る気になったのかもしれない。わたしの母も去年から入退院を繰り返している。そのたびにわたしも大きな荷物を抱えて病院に向かう。

道路はやや混んでいるが、車の流れはスムーズだ。赤いオープンカーがバスを追い越していった。雨はまだ降っているのに。江東ナンバー。運転しているのは派手なシャツを着たおじさんだ。サイレンを鳴らさない救急車も追い越していった。品川ナンバー。慈恵医大病院に病人を運んでいった帰りだろうか。赤い二階建ての観光バスが前方からやってきた。最近こういうバスをよく見かける。三階建てや四階建てのバスはまだ見たことがない。

「御成門《おなりもん》小学校前」。東京に住み始めた頃は「御成門」が読めなかった。馬場先門みたいにこちらも皇居に関係しているのかと思ったら、芝・増上寺の裏門らしい。将軍家が参詣するときに使う門なので、こんな大層な名前になったという。出世した門なんだな。ここから小学生が乗ってくるかと思ったが、大昔に小学生だった男性が一人だけ乗ってきた。

　続いて「東京タワー」。こんな名前のバス停があるんだな。「東京タワー前」でも「東京タワー下」でもなくて、そのものズバリ。余分なものはすべて省きましたという感じ。窓の両側に樹木が並び、緑があふれている。意外なことにお寺が多い。さらに意外なことに、誰もここで乗り降りしない。東京タワーは人気がないのか。東京駅からバスで東京タワーに向かう人はいないのか。後ろを振り返ると「東京タワーには興味ありません」という顔でみんなスマホを見ていた。

「赤羽橋《あかばねばし》駅前」。地下鉄大江戸線の赤羽橋という駅がここにある。遠く離れた北区にはJRの赤羽駅がある。数年前、世田谷区に住む知人が赤羽の病院に入院したという話を聞いて、なぜそんな遠いところにと首を傾げた。よほどの名医がいるのかなとも思ったが、赤羽ではなく、赤羽橋の病院だとあとでわかった。郵便配達の赤いバイクが車の間をすり抜けていく。外国人の男性が三人、コンビニ横のスペースに座り込んで何か飲んでいる。屋根がある場所だから雨宿りも兼ねているのだろう。

東京駅を出て二十数分。終点ははるかかなただ。「慶應義塾東門《けいおうぎじゆく》」のバス停では五人が乗ってきた。シニアの人、外国人、中年男性。学生らしい人はいない。続いて「慶應義塾大前」。慶應にはバス停が二つもあるのか。何だか生意気。敷地がそれだけ広いんだろうな。ブルーのワイシャツに黒いショルダーバッグをさげた男性が一人乗ってきた。信号が赤になり、バスは停まる。横断歩道の真ん中で、学生らしき男性が二人、笑顔でピースサインをしている。誰かが写真を撮っているのかなと思ったが、それらしき人は見当たらない。何のための、誰に見せるためのピースサインだろう。ラーメン二郎《じろう》の黄色い看板が見える。透明なビニール傘をさした人たちが、ほどよく距離をとりながら店の前に並んでいる。わりと長い行列だ。薄いビルを取り囲むように、ビルの裏側まで列は続いている。何百人もいるのだろうか。「三田《みた》五丁目」で女性三人、男性一人が乗ってきた。どのバス停でも乗る人は多くない。

ザブースカ。ザブースカ。カバのいびきがいつの間にか復活している。ほかの人は気にしていない。わたしだけに聞こえる幻聴なのか。と思った瞬間、運転席の向こうのワイパーが目に入った。あっ。なーんだ。ワイパーが動く音だったのか。誰か教えてくれればいいのに。京王バスのワイパーはこんなに大きな音はしない。東急バスのは強力なのか。最前列に座っているから大きく聞こえるのか。何にしても謎が解けてすっきりした。

次の「魚籃坂下《ぎょらんざかした》」も好きな名前のバス停だ。「換骨奪胎《かんこつだったい》」みたいな四字熟語っぽい。「魚籃」は魚籠《びく》、つまり魚を入れる籠のこと。仏様が乙女の姿になって魚籠に入れた魚を売り歩きながら仏法を広めた、そういう故事に基づいて魚籃寺は建てられたらしい。魚籃寺があるのは魚籃坂で、その下にあるのが魚籃坂下のバス停だ。

ところでさっきからあることが気になっている。車内表示器は日本語と英語の二か国語なのだが、「愛宕山下」は「Mt.Atago」、「魚籃坂下」は「Gyoran zaka Hill」である。これでは日本語の「下」に該当する部分がないではないか。「下」はどうした。どこにやった。

サッカーのユニフォームを着た小学生が母親と一緒に乗ってきた。制服に制帽、黒いランドセルの少女が前方から駆けてくる。手足が細い。一年生ぐらいかな。運転手さんは扉を開けて待っている。が、少女はそのまま走り抜けていった。なあんだという感じで扉が閉まった。

乗ってきた親子もそうだけど、窓の外を眺めていると、小学一、二年生ぐらいの男の子と母親らしき人が連れ立って歩く姿をしばしば目にする。男の子はママと歩くのが好きなのかな。それともこの界隈に男子校があるのだろうか。

「品川駅港南口」いきのバスが追い抜いていった。「運転士募集中」の張り紙が後ろの窓に貼ってある。どこのバス会社も運転手さんが不足していて悩ましい。「白金高輪《しろかねたかなわ》駅前」を通過して、「清正公前」で停車。これまた読みづらいバス停だ。加藤清正《かとうきよまさ》に因《ちな》んでいるのだろうから「きよまさこうまえ」かと思ったら、「せいしょうこうまえ」だった。といって清正が出迎えてくれるわけではなく、清正を祀《まつ》った覚林寺《かくりんじ》が近くにあるだけだ。なら「覚林寺前」というバス停にすればいいのに。加藤清正は虎退治で知られている。阪神ファンには嫌がられそうな人だな。「清正公前」では六人も乗ってきた。

「白金台《しろかねだい》駅前」で小さな小学生の女の子が二人と、若い人が何人か乗ってきた。下校時間なのか、路上をランドセルの子どもたちが歩いている。とても大きな郵便局のポストの前で、腰の曲がった女性がゆっくりした動作で手紙を投函しようとしている。

「白金台五丁目」で運転席の後ろの席の女性が降りた。と思ったら、ここから乗ってきた女性がすぐに座った。はやってる蕎麦屋みたいだ。イーチ、ニー、サーン、ゴーという女の子の声が後ろで聞こえる。新聞配達のバイクが窓の下を通る。新聞が雨に濡れないよう、ポリ袋でかごを覆っている。道沿いの工事現場で人が働いている。雨の日も仕事するんだな。ただいま十五時四十分。

「上大崎《かみおおさき》」のバス停を過ぎて「目黒駅東口」。ああ、ようやく自分が知っている場所にきた。緊張がほぐれてほっとする。目黒シネマを右手に見ながら、バスは急勾配の権之助坂《ごんのすけざか》を降りていく。目黒シネマには先月二回足を運んで、ケリー・ライカートの映画を三本観た。そのあと権之助坂を歩き、目黒川にかかる橋を渡って大鳥神社の先までいった。先月わたしが歩いた道をバスは走る。最近すぎて、懐かしいという気持ちはわかない。

目黒川は桜の名所だ。春になると両岸の桜並木に花が咲き誇り、多くの人がやってくる。コロナ禍の三年前、バスでここを通ったときには人影はなかった。満開の桜は寂しく雨に打たれていた。この先自分は、世界は、どうなってしまうんだろうと心細い思いで桜を眺めた。つらいことはいろいろあったが、コロナ禍が落ち着いた今も何とか生きている。「私たちは、生きていさえすればいいのよ」とヴィヨンの妻も言っている。

「大鳥《おおとり》神社前」から、制服らしき紺色のブラウスにポニーテールの少女たちが乗ってきた。目黒寄生虫館はこの辺りだったな。二十年以上前に一度いったっけ。土方巽《ひじかたたつみ》のアスベスト館にもお邪魔したけど、あれはどの辺りだったろう。目黒駅からバスでいったことしか覚えてない。

「二子玉川駅《ふたこたまがわ》」いきのバス、「弦巻《つるまき》営業所」いきのバス、「大岡山《おおおかやま》小学校前」いきのバス、この道はいろんな行き先のバスが走っている。引越し業者のトラックが道路脇に停まっている。雨の日の引越しは大変だろうな。

次のバス停は「元競馬場」。以前、競馬場があったとしか思えない名前だな。明治四十年から昭和八年まで、近くに目黒競馬場があったらしい。当時のことを知っている人は少なくなっただろうが、バス停には今も名前が残っている。左手の道を入っていくと元競馬場通りもあるらしい。バスに乗ると歴史の勉強になる。

「等々力七丁目にいきますか」

開いたドアの向こうで制服の少年が二人、運転手さんに問いかける。「いきます」という返事を聞いて安心した顔で乗ってきた。等々力七丁目に何があるんだろう。少年たちを呼び寄せる何が。ラーメン二郎かな。

「目黒消防署」で七、八人降ろしたあと「清水《しみず》」のバス停へ。ここで新しい運転手さんが乗ってきた。営業所があるのだろうか。「寒いよね」「気をつけて」「かしこまりました」などと手短に挨拶《あいさつ》をかわしたあと、ここまで運んでくれた運転手さんはバスを降りていった。今度の運転手さんも三十代前半ぐらいの感じのいい人だ。東急バスにはそういう人が多いのかな。

梅雨寒《つゆざむ》というのか、きょうは肌寒い。ブラウスの上に羽織るものがほしい。終点の等々力操車所の近くには等々力渓谷がある。涼しいから夏にはたくさんの人が訪れる。このバスも来月は満員になるかもしれない。

最前列の席は景色がよく見える。乗ってくる人や運転手さんも観察できる。でも降りる人をチェックするにはいちいち後ろを振り向かないといけない。乗ってきた人が車内で何をしているかもわからない。それが難点だ。

「目黒郵便局」から「鷹番《たかばん》」へ。鷹番も気になる地名だが、どうせ将軍の鷹狩りと関係あるのだろう。蝶番《ちようつがい》とはおそらく無関係。信号停止。青信号はまだ点滅を始めていないのに、横断歩道を走って渡る子どもがいる。運転手さんは黄色い布を取り出してハンドルを拭いた。

「田向《たむかい》公園」から「碑文谷《ひもんや》五丁目交番」へ。次の「碑文谷警察署」ではパトカーがちょうど出動するところだった。そのあとを新聞配達のバイクが走る。運転しているのは外国の人だ。

「発車しまーす」と扉を閉めたあと、「ヨシ、ヨシ」というささやき声が時々聞こえる。運転手さんが何かを確認しているらしい。とても小さな声だから、後ろの席には聞こえないだろう。さっきまで運転していた人は「ヨシ、ヨシ」はなかった。確認の仕方もそれぞれだ。

「都立大学駅北口」でごっそり降りた。ここで東横線に乗り換える人が多いのだろう。「中根町《なかねちょう》」を過ぎる。街路樹が大きくゆれている。風が強くなってきたらしい。「八雲《やくも》三丁目」のバス停から母親と小学生の女の子が乗ってきた。ここもまだ目黒区か。いけどもいけども目黒区だな。永遠に目黒区から出られないのかもしれない。走っているのはずっと目黒通りだし。

目黒地獄におびえていたところに「世田谷区」の道路標識が目に入った。歩道橋には「等々力六丁目」の文字が。ああ、ようやく脱出できた。長い道のりだったけど、さんまバスには会わなかった。どこかですれ違ったけれど気づかなかったのか。落語

「目黒のさんま」に因んだコミュニティバス、さんま号。目黒シネマに映画を観にいったとき、駅の近くで偶然見かけた。さんまだから青いだろうと思っていたら紫だった。

「産能大前《さんのうだい》」を通過。産業能率大学前の略だ。経済産業省は略さないのに、大学は略すんだな。時計を見ると十六時十二分。定刻なのか遅れているのかわからないけど、たっぷり乗ったなあという実感はある。「等々力七丁目」で停車。あの子たち、ここで降りるんだなと振り返ったが姿はない。もっと手前で降りたのか。ここが目的地ではなかったんだな。「都市大等々力キャンパス東」を通過。右手にゴルフの打ちっぱなしが見える。「打ちっぱなし」って関西弁かな。東京では「練習場」と言うのだろうか。

「玉川神社前」を経て「等々力四丁目」へ。下り坂の道だ。前方の家と家の間を電車が通り抜けるのが見えた。東急大井町線だな。「等々力」で三人降りると、ついに乗客はわたしだけになってしまった。よりによって最前列。運転手さん、うっとうしいだろうなあ。後ろにいけよと思ってるだろうなあ。もう少しだから辛抱してくださいね。

坂を降りるとバスは右折し、スーパーの前を通り過ぎる。「次は等々力操車所、終点です」のアナウンス。操車所は車庫とは違うのかな。車庫ほど広くないのかな。等々力操車所はバス六台が駐車できる広さだ。すでにバスが一台停まっている。わたしが乗っているバスは係員の誘導に従って向きを変え、バックでゆっくり操車所に入る。まもなくため息をつくように停車した。

ついにバスを降りるときがきた。名残惜しさを感じながら、高い席から降りる。床に銀色のネジが一個転がっている。東京駅で乗ったときにはなかった。いつ、誰が落としたのだろう。わたしの頭のネジが一本落ちたのか。「ありがとうございました」と運転手さんに言ってバスを降りる。こんな遠くまで連れてきてもらって本当にありがたい。それも運転手二人がかりで。

雨は上がったが、空はどんより曇っている。やはり空気が冷たい。時計を見ると十六時十九分。東京駅から一時間十九分乗った。たっぷり楽しませてもらった。周辺を少し散歩したら、今度はバスの一番後ろの席に座って東京駅まで戻ることにしよう。

あとがき（単行本版）

ほんとはこのエッセイ集は一年ぐらい前に出るはずだった。ところが渋滞に巻き込まれたバスのように大幅に遅れてしまった。時間通りにバスがこないことはよくあるからバスの本の刊行が遅れるのも仕方がない。なんて開き直ってる場合ではない。わたしの遅筆のせいで編集の田口博さんにはすっかり迷惑をかけてしまった。お詫びの印にバスを一台プレゼントしたいぐらいだ。

このエッセイ集は書き下ろしで、書いた順番に並んでいる。冒頭のエッセイを書いてから二年あまりが過ぎてしまった。二年のうちにはいろんな変化がバスにもあった。中野駅の北口は再開発され、北口ロータリーにあったバス乗り場はすべて駅の周辺に移動した。「江古田の森」いきの関東バスも、少し離れた場所から出るようになった。環七を走る新宿駅西口～駒沢陸橋の都バスは、今年の三月末日限りで姿を消した。横浜市営交通の「あかいくつ」が走るコースもわたしが乗ったときとは変わり、バス停の名前もいくつか変わった。変化は鉄道にもあった。東横線と地下鉄副都心線がつながり、小田急の下北沢駅は地上から地下に移動した。二年のうちにこれほど変わるとは思わなかった。ほかにもエッセイを書いた頃と変わってしまったことはあると思うけれど、書いた時点のままとした。

バスに乗る楽しみの一つは乗客を観察することだ。とりわけ子どもたちを見るのは面白い。

近所のバス停から「王子駅前」いきの都バスに乗ったときのこと。制服に制帽、ランドセルの女の子が二人、「東高円寺駅前」から通学定期で乗車してきた。小学校から帰る途中の、低学年の子どもたちだ。二人は並んで腰掛けて仲よくおしゃべりしていたが、いくらも乗らないうちに降車ボタンを押して降りていった。窓から見ていると、二人は傍らの歩道をバスの進行方向に走り出した。笑いながら、バスと競走するように。この子たち、もしかして……。ある予感がして二人を目で追いかけた。環七は混んでいて、バスはのろのろ運転だ。女の子たちは歩道を走り続ける。次のバス停でバスがとまると、思った通り、その子たちは息を切らして乗り込んできた。

ベビーカーを押しながら歩道を走る若いお母さんをバスの窓から見たこともある。中野駅から池袋駅に向かうバスだった。わたしが乗っているバスに、お母さんは乗ろうとしているらしかった。ベビーカーの赤ちゃんは、はしゃいで両足をばたばたさせている。お母さんと一緒に走っているつもりなのだろう。親子でがんばった結果、二人は無事に次のバス停から乗ってきた。

雨の日のバスではこんなことがあった。これも「王子駅前」いきのバスだった。五歳ぐらいの男の子とお母さんが練馬区内から乗ってきた。二人掛けの席の窓側に男の子、通路側にお母さん。バスの窓はくもっていて外の景色は見えない。男の子はくもった窓ガラスに人の顔のようなものを指で描き始めた。お母さんはケータイをいじったままで子どものほうを見ようとしない。「降りるよ」やがてお母さんが声をかけ、二人は静かに降りていった。窓の絵が二人を見送った。お母さんは子どもの描いた絵に気づかないままだった。

お母さんに抱っこされた赤ん坊が、わたしの前の席に座ることもある。赤ん坊はじっとしておらず、立ち上がって後ろを向いたりする。いないいないばあの真似事をこっそりすると赤ん坊は笑う。かわいさのあまり撫でくり回したくなる。

記憶に残る乗客はもちろん子どもに限らない。酔っぱらったおじさん二人が「いくらですか」と運転手さんに訊きながら夜のバスに乗ってきたこともあった。渋谷駅から中野駅に向かう京王バスだった。後ろのほうに腰掛けて二人は声高に話している。「バスに乗るの久しぶりだなあ」「たばこ吸ってもいいの」「そりゃまずいだろう」「俺たちどこで降りるんだっけ」「あそこだよ。えーと、ほら、どこだっけな」ラフな服装の二人は、小さな商店の主のような雰囲気だった。疲れた通勤客が多い車内で二人の会話は愉快だった。酔っぱらいといえば、昼下がりのバスでおかきをつまみながら缶ビールを飲んでいる人もいた。これも「王子駅前」いきのバスだった。「新宿駅西口」発「王子駅前」いきの都バスはユニークな乗客が多い気がする。

同じ時間に同じ路線を走るバスでも、乗客の顔ぶれはその都度違う。車内で起きることや交わされる会話も当然変わる。始発から終点までのあいだに繰り広げられるドラマはどのバスでも一回限りだ。平凡でささやかなドラマだが、それでいいと思う。日々の暮らしに劇的な変化は起きないほうがいい。

バスの座席は、優先席以外は進行方向を向いている。向かい合って座る電車は人の視線が気にかかる。監視されているようで緊張するし、見たくないものが見えたりもする。バスは座る場所によって人との距離を変えられる。一番後ろに座ると自分のことは見られずに車内全体を見渡せる。一番前に座ると前方の景色がよく見えて人の姿は目に入らない。二人掛けの席に座ると隣にどんな人がくるかちょっと楽しみだ。

バスの窓から知り合いを見かけたり、バスを降りたところに知り合いがいたりしたことを本文に書いたけれど、もう一つこんなことがあった。

「こんな偶然」に書いた池袋の古本屋さんにその後いったときのこと。入口に背中を向けて書棚を見ていると誰かが入ってきて「処分したい雑誌があるんですけど引き取っていただけるかしら」と店主にいった。「どんな雑誌ですか」「昔、音響メーカーが出していたバスの雑誌なんですけど」わたしはくるっと振り返ってその人を見た。わたしが引き取りましょうといいたいのをこらえて、二人のやり取りに耳を傾けた。年配のその女性は、すでに廃刊になったバスの雑誌の編集に長年関わっていたという。「引き取りますので持ってきていただけますか」と店主がいうと「じゃ、これから家に帰って持ってくるわね。少し遠いから時間がかかると思うけど」。その人が戻ってくるのを待っていたかったけれど、あいにく次の予定があった。翌日再びその店にいって「バスの人、きました?」と訊く。「ええ」といって店主が指さした先には、バスの表紙の雑誌がどっさり積まれていた。全部欲しいぐらいだったが、独り占めするのは悪い気がして買うのは十冊ほどにした。

わたしがバスを好きなことをもちろんあの女性は知らない。その古本屋さんにいくこともたまにしかないのに、見計らったようにやってきてバスの雑誌の話を始めた。「こんな偶然」の続きのような偶然だ。

わたしは気ままな一人暮らしだ。といって満たされているわけではない。からっぽのこころを抱え、自分をごまかしながら一日一日やり過ごしている。バスに乗ったからといってからっぽが満たされるわけではない。むしろ逆かもしれない。誰もいなかった車内に人が集まり、賑わい、また減っていき、最後は誰もいなくなる。何て寂しく、同時に安らぐ光景だろう。からっぽだった場所が再びからっぽに戻るのを見たくて、わたしは何度でもバスに乗るのかもしれない。

わたしは自動車の免許を持っておらず、車にそれほど興味はない。バスに対しても同様で、今乗っているのはどこのメーカーの何という種類のバスかは気にならない。運転手さんがどこかに連れていってくれる、ゆったりとした大きな容れ物。それがわたしにとってのバスである。普段からぼんやりしているわたしの頭は、バスの中ではますますぼんやりする。ぼんやりバスにゆられるばかりでこまめにメモを取るわけではないから、この本に書いたことには間違いもあると思う。バスのように大らかな気持ちで許していただけると助かります。

二〇一三年六月　王子駅前のバスターミナルが一望できるテーブルにて

平田俊子

文庫のためのあとがき

幻戯書房より『スバらしきバス』を出していただいてから、気づけば十一年が過ぎていた。本が出たあとずっとバスを乗り継いで旅をしていたら世界一周が何度かできただろう。そういう面白いことをすることもなく、平々凡々と過ごしてしまった。このたび、思いがけなく筑摩書房の河内卓さんに声をかけていただき、新たにちくま文庫から出していただけることになった。バスのクラクションを一〇〇回鳴らしたいぐらいの嬉しさだ。

久しぶりに読み返し、バスの中で出会った子どもたちのことをなつかしく思い出した。「虹が出てるよ。虹が出てるよ」と繰り返していた男の子。のろのろ運転のバスを降りてバスと競走するように走り、次のバス停からまた乗ってきた女の子たち。くもった窓ガラスに絵を描いて降りていった小さな男の子。一度会っただけなのに忘れがたい子どもたち。みんな元気でいるかな。すっかり大きくなっただろうな。

十一年の間に世の中は変化した。いいほうに変わったこともあれば、よくないほうに変わったこともある。バスの運転が優しくなったのはいいことの一つだろう。乗ってきた人が椅子に座るか、つり革につかまるのを確認して運転手さんはバスを発車させるようになった。おかげで車内で踊ったり、吹っ飛んだりせずにすむようになった。バスのステップがなくなって乗り降りが楽になったのもいいことだ。


二〇一六年、新宿駅の南口に高速バスのターミナル「バスタ新宿」が誕生した。それまでは高速バスの乗り場は西口に散在していて、自分の乗るバスを探すのがひと苦労だった。バスタ新宿ができて便利になった。ではあるけれど、路上のあちこちにいる高速バスの勇姿を見かけることが減ったのは寂しい。

以前は西口のヨドバシカメラのところから出発していたはかた号も、今はバスタ新宿からだ。はかた号にはプレミアムシートと呼ばれる個室が四つある。本文に書いたように、はかた号は人気があり、以前試みたときはビジネスシートの予約が取れなかった。ところが去年の春に帰省する時、ダメ元でプレミアムシートの予約を入れるとあっさり取れた。コロナ禍だったからだろう。ドアではなくカーテンで仕切られた個室だが、リクライニングは倒し放題だし、人目を気にせずリラックスできた。座り心地のいいゆったりした椅子だから、終点まで十四時間乗っても疲れなかった。もっと乗っていたいぐらいだった。夜、カーテンの外をのぞくと深い闇が広がっていた。朝、カーテンを開けると藤の花が山に咲き誇っていた。朝日に輝く海峡を見ながら、本州と九州をつなぐ関門橋《かんもんきょう》を渡った。夜の景色も朝の景色もそれぞれに楽しかった。はかた号の椅子と壁の間にはほんの少し隙間がある。そこにボールペンを落としてしまい、どんなに頑張っても拾えなかった。そのことだけが心残りだ。はかた号は今もわたしのボールペンを乗せて走っているのだろうか。

やはりコロナ禍に、高橋悠治さん、アキさんのピアノを聞くためにバスタ新宿から草津《くさつ》温泉に向かったこともある。朝の十時五分に出発するバスだった。知人二人と一緒だった。車内はすいていた。ばらばらに予約したのでばらばらの席に座り、草津に着くまで一言も喋らなかった。

新宿を出て二時間半で伊香保《いかほ》温泉に着いた。そこで降りる人たちもいた。さらに一時間半走ると草津温泉だ。そろそろ八月が終わる頃で、バスを降りるとほんの少し涼しい風が吹いていた。新宿と二つの温泉をつなぐバス。いっそバスの中にバス（お風呂）を作ってバス・イン・バスにするのはどうだろうと考えた。

わたしは一人暮らしで、仕事も一人ぼっちの在宅勤務だ。コロナ禍のときは誰にも会わない時間が長く続いた。孤独感に押しつぶされそうになるとふらりと家を出てバスに乗ったり、すいてる映画館にいったりした。そうすることで自分を保つことができた。バスと映画に慰められ、救われた日々だった。どちらも一人暮らしの大事な友人だ。

『スバらしきバス』の文庫版では大竹昭子《あきこ》さんと三浦しをんさん、敬愛するお二人に解説と帯の言葉をいただくことができた。嬉しすぎて笑ってしまう。本文はなくてもいいような気さえする。大竹さん、三浦さん、ありがとうございました。

二〇二四年八月二十日「バスの日」の一ヵ月前に

平田俊子

解説

バスには四本の映画がかかっている

大竹昭子

この文章を書くために単行本で読んでいた本書の文庫版のゲラを読んだのは、家の近所にあるスタバのカウンターだった。ゲラから目を上げたとき、あれっと思った。バスの中じゃない。そう錯覚してしまうほど、以前読んだのと同じ箇所で声を上げたり、膝を打ったり、首肯《しゅこう》したりしていた。目の前にあるのはただの活字の連なりで、からだはバスの座席ではなく、スタバの椅子に座っている。にもかかわらず、文字を追ううちに頭のなかにつぎつぎと車窓の風景や車内の情景が映し出されて酩酊《めいてい》状態に陥ったのだった。

バスには、乗る必要があって乗るというよりつい乗ってしまう、ということが平田さんには多いらしい。たしかにバスは電車に比べたら控えめな乗り物だが、路面に近く、ドアの開きかたもさりげなく、控えめぶりゆえに中に引き入れる磁力に電車以上のものがある。

図書館で予約した本を受け取りに高円寺駅にいく。駅の上の階に区の出張所があり、そこで本の貸し出しをしているのを知って使うようになった。出張所を出たら喫茶店に入り、コーヒーを飲みながら借りた本を開いて読むこと小一時間。満ち足りた気持で店を出るとバスで帰宅する、はずだったのが、ふと魔がさしてしまうのだ。「バス停の前を通りかかったとき、バスがいなければいい。でもたまたま停車していて、どうぞお乗りくださいというように扉が開いているとふらふらとバスに吸い込まれそうになる」

そのときは、バスがいた。平田さんの家は中野駅の南口に近い鍋屋横丁だが、視界に入ったのはそれとは逆方向の北へひたすら走っていく赤羽行きである。「乗らないほうがいいとわかっているのに、わたしの足はバスのステップを上がりたがる。何て頭の悪い足だろう」。

かくして「頭の悪い足」の導きで平田さんは夕暮れの街を抜けて赤羽へとむかったのだった……。

高円寺駅のバスターミナルが危険地帯なことはわたしも知っている。近くに環七という都心を南北に貫く幹線道路が通っているためか、ほかの駅よりもバス路線が多く、しかも高円寺のイメージからは遥かに遠い突飛な場所にむかうものが目立つ。額《ひたい》に「練馬」「赤羽」「永福町」「五日市街道営業所」などの行き先を貼り付けたバスを見つけたときの平田さんの驚きはわが事のようにわかる。えっ、これに乗ったらそんなところに行けるんですか、と好奇心がわきおこり、用もないのにただ乗りたいというだけの理由でそれらの路線に乗ったことが自分にもあるのだ。

あるときまでわたしはバスを乗り物の勘定に入れていなかった。渋滞すればいつ目的地に着くかわからない。バス停に立っているあいだも当てにならない相手を待つようでいらいらさせられる。バスでなければ行けないところは都心には少ない。最寄りの駅まで徒歩三十分なんていうところはまれなのだ。ならばバスよりも当てになる乗り物を使ったほうがいいと思っていた。

ところが、気がつくとその気持に変化が生じていた。どこかに行くためではなく、乗るためだけに乗るというバスの乗り方もあるのではないか、という柔軟な方向に頭のスイッチが切り替わったのである。思い返せば、その変化をもたらしたきっかけのひとつがこの本だった。そうなるとすべての価値観がひっくり返り、これまでネガティブに感じていたことがすべてポジティブになり、渋滞なんて気にならないし、遠回りも大歓迎になった。渋滞していると通りの様子がゆっくり観察できるし、遠回りして知らない道に入っていくのもわくわくする。

乗り物の窓から外を眺めるのは子どものときから好きだった。列車のボックス席の進行方向が見える側に座れると有頂天で、からだを上下させてシートのスプリングを弾ませたものだった。バスのシートはほとんどが窓に対して直角で、いずれも進行方向を向いていて、外を眺めるにはぴったりだ。しかもその窓は大きくて視界が広く、ふつうの乗用車よりも位置が高いのだから申し分ない。

「桜をよけて」にこんな箇所がある。

「バスがコンビニの前を通り過ぎるとき自動ドアが開いて、中から知りあいのOさんが現れた。わあ、Oさん。すごいタイミングなんですけど、こんなところで何をしているんですか」

Oさんがコンビニからふらりと路上に出てきたところを、バスの車窓から目撃してしまったのだ。見られていることに気がついていない人を見下ろしていると、なぜかはしゃぎだしたくなる。最近、自分にも同じことがあって、四ツ谷駅から晴海埠頭方面行きのバスに乗り、半蔵門の前にさしかかったとき、車窓の外に段ボール箱を両手に抱えて交差点を渡ろうとしている友人のTさんが現われた。まさにふいにという感じで出現した彼の姿に興奮し、窓をトントンと叩いて合図を送った。Tさんが気づいて顔をあげ、互いの姿を認めて口を開けて笑いあうという想像は残念ながら現実化しなかったが、自分のはしゃぎぶりを奇妙に感じ、ふとあの世から下界を見おろすのはこんな感じなのではないかと思ったのである。

「いつも歩いて通る道をバスの窓から眺めるのはくすぐったい」と平田さんは言うが、この感覚も「あの世感」につながっているように思う。その道をいく自分の影を上から見ているような懐かしさと気恥ずかしさが込み上げる。どうやら車高の高いバスには人の意識を地上から引き剝《は》がし、宙に浮かせる作用があるらしい。友人の顔が見わけがつかないほど地上は遠くなく、声をかけたくなるほどすぐそばなのに、その声はとどかない、という微妙な距離感に、この世とあの世が隔てられているのにも似たもどかしくも愛おしい感情があふれ出すのだ。

車内のどこに座るかは重要である。平田さんは「座りたい席は三つある」と言い、運転手と通路を隔てて隣の最前列の席、運転手の三つ後ろの席、一番後ろの隅っこの席を挙げている。わたしの場合は最後部の端の席一択で、あいにくそこが塞《ふさ》がっていたらそばの席で見張って空いたら即移動する。ここに座ると座高は車内のどこよりも高くなり、窓の外を眺めるのに最適なのはもちろんのこと、車内の様子を睥睨《へいげい》するにもよく、あの世の特等席である。

この席からは行き先を表示するパネルが見えにくい。おのずと車内のアナウンスに耳を傾けるようになる。行き先を音声でキャッチし、どんな漢字を書くのかあれこれ考え、バス停に着いたら答え合わせをするのがまたたのしい。

東京に長く住んでいれば、おっ！　と思わせられる駅名に出会うことは、電車だとめずらしい。だいたいが耳に馴染んでいる。ところが、バス停の名はその数が無限にあって、そのほとんどが未知の領域にあるのだ。平田さんもバスの行き先やバス停名には敏感に反応し、「王子駅」行きの途中に「姥ヶ橋《うばがばし》」という停留所があると、「王子様に会いたければ、その前に魔法使いの洗礼を受けないといけないらしい」と妄想に浸る。バス停の名前には想像を刺激してやまない成分が含まれている。その作用は絶大で、脳が興奮して知らないバスに乗ってしまうという衝動に走らされたりするのだ。

車窓に集中すると自意識が目から溶けだし、からだは空っぽの筒のようになる。この世に足を踏ん張っていた緊張が緩んで、世界と自分がひとつにまとまっていく。そうなるのは心細いようだが、実は歓びのほうが大きい。筒のなかを気持のいい風が通り抜け、人生が初期化されるような爽快感に浸る。

平田さんはコロナ禍のとき、バスと映画に慰められ、救われた日々だったという。ふたつは似ているように思う。いや、瓜二つ《うりふた》と言ってもいい。映画には筋書きがあるが、バスにはない。ちがいはそこだけで、目に映るものをひたすら追っていると記憶や想念が浮かんでは消えていく。どれも端切れのようなもので筋が出来上がるほど立派なものではないが、立派でないがゆえに身を軽くしてくれるのだ。

終点まで乗って同じバスで帰ってくるというのを平田さんはよくするらしい。さすが通である。行きと帰りでは逆方向になって車窓の風景が一変するし、座る席が右か左かでも大きく異なる。つまり一本のバス路線では四本の映画が上映されているわけだ。複雑な問題を頭から追いだしたいとき、することがなにも浮かばないとき、孤独な自分をなぐさめたいとき、人に会いたくないが人の姿は見てみたいというとき、映画館に入るようにしてバスに座る。降りたときにはきっと別人のようになっている。

本書は二〇一三年七月に幻戯書房より刊行されました。文庫化にあたり、加筆修正のうえ、「とどろき、桃の木」と「文庫のためのあとがき」、解説を新たに収録しました。

ちくま文庫

スバらしきバス

二〇二四年十月十日　第一刷発行

著　者　平田俊子（ひらた・としこ）
発行者　増田健史
発行所　株式会社　筑摩書房
東京都台東区蔵前二―五―三　〒一一一―八七五五
電話番号　〇三―五六八七―二六〇一（代表）
装幀者　安野光雅
印刷所　中央精版印刷株式会社
製本所　中央精版印刷株式会社

ISBN978-4-480-43979-6 C0195